Liang Tsong Tai

梁宗岱译集

一切的峰顶

〔德〕歌德 等著 梁宗岱 译 何家炜 校注

I

华东师范大学出版社

图书在版编目(CIP)数据

一切的峰顶/(德)歌德等著;梁宗岱译;何家炜校注. 一上海:华东师范大学出版社,2016.1
ISBN 978-7-5675-4504-5

Ⅰ.①一… Ⅱ.①歌… ②梁… ③何… Ⅲ.①诗集-世界 Ⅳ.①I12

中国版本图书馆 CIP 数据核字(2016)第 027686 号

一切的峰顶

著　　者　〔德〕歌德 等
译　　者　梁宗岱
校　　注　何家炜
项目编辑　陈　斌　许　静
审读编辑　李玮慧
特约编辑　何家炜
装帧设计　高静芳

出版发行　华东师范大学出版社
社　　址　上海市中山北路 3663 号　邮编 200062
网　　址　www.ecnupress.com.cn
电　　话　021-60821666　行政传真 021-62572105
客服电话　021-62865537
门市(邮购)电话　021-62869887
门市地址　上海市中山北路 3663 号华东师范大学校内先锋路口
网　　店　http://hdsdcbs.tmall.com

印 刷 者　上海利丰雅高印刷有限公司
开　　本　889×1194　32 开
印　　张　11.75
插　　页　5
字　　数　188 千字
版　　次　2016 年 9 月第 1 次
印　　次　2018 年 6 月第 2 次印刷
书　　号　ISBN 978-7-5675-4504-5/I.1484
定　　价　48.00 元

出 版 人　王　焰

编辑说明

外国诗歌翻译层出不穷，只有少量有流传价值，《一切的峰顶》是其中之一。

梁宗岱从中学时期开始翻译诗歌，一直到晚年仍乐此不疲。前后超过半世纪，风格虽然不断演变，但一直谨守两条简单原则：作品必须在译者心里唤起感应，译笔尽量以直译为主。凭着丰富的中西文学知识去选题，凭着深厚的中文造诣去雕琢译文，凭着诗人的敏感去营造音韵声调，他的译作成为他的最重要文学成就之一。尽管数量远不及其他译家，但光彩耀目，不因时间而褪色，已经进入中国诗译经典之列。

他的译作不仅是百里挑一的精品，而且有两篇诗译发表的时候，曾经引起不比寻常的反应，在文学史上留下印记。

第一篇是三百余行的长诗《水仙辞》，法国瓦莱里的作品。梁宗岱从一九二六年开始翻译，一九二九年一月在《小说月报》发表第一部分。这个举动被文学史家视为法国现代派诗歌（尤其象征主义）真正被引进中国的开始，为新文学时期寻找新道路的诗歌创作者打开了一片新天地。他当时不过二十三四岁，却凭这篇译作影响了整整一代文学青年。一些人后来为文或私下谈话，提到如何深受震动，甚至由此决定毕生的文学路向，这些人中有卞之琳、何其芳和罗大冈等名家。

第二篇是八行的短诗《流浪者之夜歌》，出自德国歌德之手笔。一九二九年八月，梁宗岱在瑞士阿尔卑斯山一座古堡度假，独居堡顶，夜间灭烛远眺星宿，静听自然，冥索天道人生，在"松风，瀑布，与天上流云底合奏"中完成此诗的翻译。一九三一年他在《诗刊》与梁实秋论战小诗的价值，举此诗为例，"给我们心灵的震荡却不减于悲多汶一曲交响乐"（《论诗》）。梁实秋反驳说："我所认识的哥德不仅仅是一个写'小诗'的哥德。"（《诗的大小长短》）大半个世纪后，谁是谁非已有定论，这首小诗"短短八行，它的声誉并不在一万二千一百一十一行的《浮士德》之下。一九八二年歌德逝世一百五十周年时，西德文化界征求群众关于歌德诗歌的意见。公认《夜歌》是歌德诗中最著名的一首。"（冯至《一首朴素的诗》）

梁宗岱的文学眼光显然更高一筹，这也解释了他选译的篇目总是百读不厌的经典作品。

本集第一部分收入《一切的峰顶》，这是他生前亲自编辑的唯一译诗集。一九三四年夏天，他与沉樱女史东渡日本，居留至一九三五年秋，读书写作，其间完成本书的编译工作。一九三六年交给上海时代图书公司付梓。一九三七年经过增修，由商务印书馆再版。一九七六年沉樱女史在台湾重编本书，以梁氏《新诗的分歧路口》及《论诗》分别作为代序及附录，由台北大地出版社印行。囿于时局，只由编者署名。

本集在商务版基础上，综合大地版沉樱女史撰写的原作者介绍，另外补进《尼采底诗》译序。

第二部分是他生前未及入集的散篇。第一篇是泰戈尔《他为什么不回来呢?》，这是他的翻译少作，发表于一九二一年十月，刚升上高中不久。最后一组诗是宗教圣歌，译于一九六〇年代，生前没有发表。一九八三年去世后，在他的手稿残片中发现，一九九四年才首次刊出。

这部分的校对采用初刊作蓝本，并参照外文原文，按发表的时间顺序排列。

目　次

一切的峰顶

序

这是我底杂译外国诗集，而以其中一首底第一行命名。缘因只为那是我最癖爱的一首罢了，虽然读者未尝不可加以多少象征的涵义。

诗，在一意义上，是不可译的。一首好诗是种种精神和物质的景况和遭遇深切合作的结果。产生一首好诗的条件不仅是外物所给的题材与机缘，内心所起的感应和努力。山风与海涛，夜气与晨光，星座与读物，良友底低谈，路人底缊笑，以及一切至大与至微的动静和声息，无不冥冥中启发那凝神握管的诗人底沉思，指引和催促他底情绪和意境开到那美满圆融的微妙的刹那：在那里诗像一滴凝重，晶莹，金色的蜜从笔端坠下来；在那里飞越的诗思要求不朽的形体而俯就重浊的文字，重浊的文字受了心灵底点化而升向飞越的诗思，在那不可避免的骤然接触处，迸出了灿烂的火花和铿锵的金声！所以即最大的诗人也不能成功两首相同的杰作。

何况翻译？作者与译者感受程度底深浅，艺术手腕底强弱，和两国文字底根深蒂固的基本差别……这些都是明显的，也许不可跨越的困难。

可是从另一方面说，一首好诗底最低条件，我们知道，是要在适当的读者心里唤起相当的同情与感应。像一张完美无瑕的琴，它得要在善读者底弹奏下发出沉雄或委婉，缠绵或悲壮，激越或幽咽的共鸣，使读者觉得这音响不是外来的而是自己最隐秘的心声。于是由极端的感动与悦服，往往便油然兴起那藉助和自己更亲切的文字，把它连形体上也化为己有的意念了。

不仅这样，有时候——虽然这也许是千载难逢的——作品在译者心里唤起的回响是那么深沉和清澈，反映在作品里的作者和译者底心灵那么融洽无间，二者底艺术手腕又那么旗鼓相当，译者简直觉得作者是自己前身，自己是作者再世，因而用了无上的热忱，挚爱和虔诚去竭力追摹和活现原作底神采。这时候翻译就等于两颗伟大的灵魂遥隔着世纪和国界携手合作，那收获是文艺史上罕见的佳话与奇迹。英国斐慈哲路（Edward Fitzgerald，1809—1883）底《鲁拜集》和法国波特莱尔（Charles Beaudelaire，1821—1867）翻译美国亚伦颇（Edgar Allan Poe，1809—1849）底《怪诞的故事》都是最难得的例：前者底灵魂，我们可以说，只在移译波斯诗人的时候充分找着了自己，亚伦颇底奇瑰的想象也只在后者底译文里才得到了至高的表现。

这集子所收的，只是一个爱读诗者底习作，够不上称文艺品，距离两位英法诗人底奇迹自然更远了。假如译者敢有丝毫的自信和辩解，那就是这里面的诗差不多没有一首不是他反复吟咏，百读不厌的每位大诗人底登峰造极之作，就是说，他自己深信能够体会个中奥义，领略个中韵味的。这些大诗人底代表作自然不止此数，译者爱读的诗和诗人也不限于这些；这不过是觉得比较可译或偶然兴到试译的罢了。

至于译笔，大体以直译为主。除了少数的例外，不独一行一行地译，并且一字一字地译，最近译的有时连节奏和用韵也极力模仿原作——大抵越近依傍原作也越甚。这译法也许太笨拙了。但是我有一种暗昧的信仰，其实可以说迷信：以为原作底字句和次序，就是说，经过大诗人选定的字句和次序是至善至美的。如果译者能够找到适当对照的字眼和成语，除了少数文法上地道的构造，几乎可以原封不动地移植过来。我用西文译中诗是这样，用中文译西诗也是这样。有时觉得反而比较能够传达原作底气韵。不过，我得在这里复说一遍：因为限于文字底基本差别和译者个人底表现力，吃力不讨好和不得不越轨或易辙的亦不少。

廿三年九月九日于叶山 ①

①　叶山：日本城市。——编者注（本书脚注除特别说明外，均为编者注。）

歌　德

　　歌德（Goethe, Johann Wolfgang von；1749—1832），德国最伟大的诗人，也是文艺复兴以来，世界文坛的文学大师。文学贡献广及各种文体，自一七七〇年代至其去世之间，德国所有文学的主要发展都看得出歌德的影响。兴趣广泛，除了是文学家之外，也是杰出的政治家及科学家。歌德出生于法兰克福，父亲为律师，母亲是大画家克拉纳赫（Lucas Cranach）。之后，十六岁到莱比锡大学研习法律，但也醉心文学等艺术。

　　歌德的抒情诗可谓"歌德一生的反省片段集"，提供后人深入了解其思想与人格。作品包括悲剧《浮士德》、《贝利欣根》、《埃格蒙特》，还有小说《少年维特的烦恼》。晚年致力撰写自传《我这一生》，以文字表达成长过程对社会、情绪及知识的心路历程。一八三二年逝于威玛。

　　　　　　　　　　　　　　　　　　　　（沉樱）

流浪者之夜歌

这两首同题的诗，并不是相连贯的。第一首作于一七七六年二月十二日之夕，经一度家庭口角之后。诗成，歌德立刻寄给他一生最倚重的女友石坦安夫人。第二首是一七八三年九月三日夜里，用铅笔写在伊门脑林巅一间猎屋底板壁上。一八三一年八月二十六日，歌德快八十二岁了，距他底死期仅数月，他一鼓作气直登伊门脑旧游处，重见他三十八年前 [①] 写下的诗句，不禁潸然泪下，反复沉吟道：

等着罢：俄顷
你也要安静。

　　　　　　　　　　　　　　　　　（译者原注）

---

① 应为四十八年前。

Wanderers Nachtlied

I

Der du von dem Himmel bist,

Alles Leid und Schmerzen stillest,

Den, der doppelt elend ist,

Doppelt mit Erquickung füllest,

Ach, ich bin des Treibens müde!

Was soll all der Schmerz und Lust?

Süßer Friede,

Komm, ach komm in meine Brust!

一

你降自苍穹
来抚慰人间底忧伤与创痛；
把灵芝底仙芬
加倍熏陶那加倍苦闷的魂：
唉！我已倦于扰攘和奔波！
何苦这无端的哀乐？
甘美的和平啊！
来，唉！请来临照我心窝！

II

Über allen Gipfeln

Ist Ruh,

In allen Wipfeln

Spürest du

Kaum einen Hauch;

Die Vögelein schweigen im Walde.

Warte nur, balde

Ruhest du auch.

二

一切的峰顶

沉静，

一切的树尖

全不见

丝儿风影。

小鸟们在林间无声。

等着罢：俄顷

你也要安静。

An den Mond

Füllest wieder Busch und Tal
Still mit Nebelglanz,
Lösest endlich auch einmal
Meine Seele ganz;

Breitest über mein Gefild
Lindernd deinen Blick,
Wie des Freundes Auge mild
Über mein Geschick.

Jeden Nachklang fühlt mein Herz
Froh' und trüber Zeit,
Wandle zwischen Freud und Schmerz
In der Einsamkeit.

Fließe, fließe, lieber Fluß!
Nimmer werd ich froh,
So verrauschte Scherz und Kuß,
Und die Treue so.

对月吟

你又把静的雾辉
笼遍了林涧，
我灵魂也再一回
融解个完全；

你遍向我底田园
轻展着柔盼，
像一个知己底眼
亲切地相关。

我底心长震荡着
悲欢底余音，
在苦与乐间踯躅
当寂寥无人。

流罢，可爱的小河！
我永不再乐：
密誓，偎抱与欢歌
皆这样流过。

Ich besaß es doch einmal,

Was so köstlich ist!

Daß man doch zu seiner Qual

Nimmer es vergißt!

Rausche, Fluß, das Tal entlang,

Ohne Rast und Ruh,

Rausche, flüstre meinem Sang

Melodien zu,

Wenn du in der Winternacht

Wütend überschwillst,

Oder um die Frühlingspracht

Junger Knospen quillst.

Selig, wer sich vor der Welt

Ohne Haß verschließt,

Einen Freund am Busen hält

Und mit dem genießt,

Was, von Menschen nicht gewußt

我也曾一度占有
这绝世异珍！
徒使你充心烦忧
永不能忘情！

鸣罢，沿谷的小河，
不息也不宁，
鸣罢，请为我底歌
低和着清音！

任在严冽的冬宵
你波涛怒涨，
或在艳阳的春朝
催嫩蕊争放。

幸福呀，谁能无憎
去避世深藏，
怀抱着一个知心
与他共安享。

那人们所猜不中

Oder nicht bedacht,

Durch das Labyrinth der Brust

Wandelt in der Nacht.

或想不到的——
穿过胸中的迷宫
徘徊在夜里。

Mignon

Kennst du das Land, wo die Zitronen blühn,

Im dunklen Laub die Goldorangen glühn,

Ein sanfter Wind vom blauen Himmel weht,

Die Myrte still und hoch der Lorbeer steht,

Kennst du es wohl?

                        Dahin! dahin

Möcht ich mit dir, o mein Geliebter, ziehn!

Kennst du das Haus? Auf Säulen ruht sein Dach,

Es glänzt der Saal, es schimmert das Gemach,

Und Marmorbilder stehn und sehn mich an:

Was hat man dir, du armes Kind, getan?

Kennst du es wohl?

                         Dahin! dahin

Möcht ich mit dir, o mein Beschützer, ziehn!

Kennst du den Berg und seinen Wolkensteg?

Das Maultier sucht im Nebel seinen Weg;

In Höhlen wohnt der Drachen alte Brut;

迷娘歌

你可知道那柠檬花开的地方？
黯绿的密叶中映着橘橙金黄，
骀荡的和风起自蔚蓝的天上，
还有那长春幽静和月桂轩昂——
你可知道吗？
那方啊！就是那方，
我心爱的人儿，我要与你同往！

你可知道：那圆柱高耸的大厦，
那殿宇底辉煌，和房栊底光华，
还有伫立的白石像凝望着我：
"可怜的人儿，你受了多少折磨？"——
你可知道吗？
那方啊！就是那方，
庇护我的恩人，我要与你同往！

你可知道那高山和它底云径？
骡儿在浓雾里摸索它底路程，
黝古的蛟龙在幽壑深处隐潜，

Es stürzt der Fels und über ihn die Flut,

Kennst du ihn wohl?

　　　　　　　　　　　　Dahin! dahin

Geht unser Weg! O Vater, laß uns ziehn!

崖砑石转，瀑流在那上面飞湍——
你可知道么？
那方啊！就是那方，
我们趱程罢，父亲；让我们同往！

Selige Sehnsucht

Sagt es niemand, nur den Weisen,
Weil die Menge gleich verhöhnet,
Das Lebend'ge will ich preisen,
Das nach Flammentod sich sehnet.

In der Liebesnächte Kühlung,
Die dich zeugte, wo du zeugtest,
Überfällt dich fremde Fühlung,
Wenn die stille Kerze leuchtet.

Nicht mehr bleibest du umfangen
In der Finsternis Beschattung,
Und dich reißet neu Verlangen
Auf zu höherer Begattung.

Keine Ferne macht dich schwierig,
Kommst geflogen und gebannt,
Und zuletzt, des Lichts begierig,
Bist du, Schmetterling, verbrannt.

幸福的憧憬

别对人说，除了哲士，
因为俗人只知嘲讽：
我要颂扬那渴望去
死在火光中的生灵。

在爱之夜底清凉里，
你接受，又赐与生命；
异样的感觉抓住你，
当烛光静静地辉映。

你再也不能够蛰伏
在黑暗底影里困守，
新的怅望把你催促
去赴那更高的婚媾。

你不计路程底远近，
飞着跑来，像着了迷，
而终于，贪恋着光明，
飞蛾，你被生生焚死。

Und solang du das nicht hast,

Dieses: Stirb und werde!

Bist du nur ein trüber Gast

Auf der dunklen Erde.

如果你一天不发觉

"你得死和变!"这道理,

终是个凄凉的过客

在这阴森森的逆旅。

Wandrer:

Ja! sie sind's, die dunkeln Linden,

Dort, in ihres Alters Kraft.

Und ich soll sie wiederfinden,

Nach so langer Wanderschaft!

Ist es doch die alte Stelle,

Jene Hütte, die mich barg,

Als die sturmerregte Welle

Mich an jene Dünen warf!

Meine Wirte möcht' ich segnen,

Hilfsbereit, ein wackres Paar,

Das, um heut mir zu begegnen,

Alt schon jener Tage war.

Ach! das waren fromme Leute!

Poch' ich? ruf' ich? — Seid gegrüßt,

Wenn gastfreundlich auch noch heute

Ihr des Wohltuns Glück genießt!

守望者之歌

——译自《浮士德》①

生来为观看，

矢志在守望，

受命居高阁，

宇宙真可乐。

我眺望远方，

我谛视近景，

月亮与星光，

小鹿与幽林，

纷纭万象中，

皆见永恒美。

物既畅我衷，

我亦悦己意。

眼呵你何幸，

凡你所瞻视，

不论逆与顺。

无往而不美！

① 选自《浮士德》第二部第五幕。

Chorus Mysticus

Alles Vergängliche

Ist nur ein Gleichnis;

Das Unzulängliche,

Hier wird's Ereignis;

Das Unbeschreibliche,

Hier ist's getan;

Das Ewig-Weibliche

Zieht uns hinan.

神秘的和歌

——译自《浮士德》^①

一切消逝的
不过是象征；
那不美满的
在这里完成；
不可言喻的
在这里实行；
永恒的女性
引我们上升。

---

① 《神秘的和歌》为《浮士德》全剧终场曲。

自　然

——断片

　　自然！她环绕着我们，围抱着我们——我们不能越出她底范围，也不能深入她底秘府。不问也不告诉我们，她便把我们卷进她底漩涡圈里，挟着我们奔驰直到，倦了，我们脱出她底怀抱。

　　她永远创造新的形体；现在有的，从前不曾有过；曾经出现的，将永远不再来：万象皆新，又终古如斯。

　　我们活在她怀里，对于她又永远是生客。她不断地对我们说话，又始终不把她底秘密宣示给我们。我们不断地影响她，又不能对她有丝毫把握。

　　她里面的一切都仿佛是为产生个人而设的，她对于个人又漠不关怀。她永远建设，永远破坏，她底工场却永远不可即。

　　她在无数儿女底身上活着，但是她，那母亲，在哪里呢？她是至上无二的艺术家：把极单纯的原料化为种种极宏伟的对照，毫不着力便达到极端的美满和极准确的精密，永远用一种柔和的轻妙描画出来。她每件作品都各具心裁，每个现象底构思都一空倚傍，可是这万象只是一体。

　　她给我们一出戏看：她自己也看见吗？我们不知道；可是她正是为我们表演的，为了站在一隅的我们。

她里面永远有着生命，变化，流动，可是她毫不见进展。她永远迁化，没有顷刻间歇。她不知有静止，她咒诅固定。她是灵活的。她底步履安详，她底例外希有，她底律法万古不易。

她自始就在思索而且无时不在沉思；并不照人类的想法而照自然底想法。她为自己保留了一种特殊而普遍的思维秘诀，这秘诀是没有人能窥探的。

一切人都在她里面，她也在一切人里面。她和各人都很友善地游戏：你越胜她，她也越欢喜。她对许多人动作得那么神秘，他们还不曾发觉，她已经做完了。

即反自然也是自然。谁不到处看见她，便无处可以清清楚楚地看见她。

她爱自己而且藉无数的心和眼永远黏附着自己。她尽量发展她底潜力以享受自己。不断地，她诞生无数新的爱侣，永无厌足地去表达自己。

她在幻影里得着快乐。谁在自己和别人身上把它打碎，她就责罚他如暴君；谁安心追随它，它就把他像婴儿般偎搂在怀里。

她有无数的儿女。无论对谁她都不会吝啬；可是她有些骄子，对他们她特别慷慨而且牺牲极大。一切伟大的，她都用爱护来荫庇他。

她使她底生物从空虚中溅涌出来，却不对它们说从那里来或往那里去。它们尽管走就得了。只有她认得路。

她行事有许多方法，可是没有一条是用旧了的，它们永远奏效而且变幻多端。

她所演的戏永远是新的，因为她永远创造新的观众。生是她最美妙的发明，死是她用以获得无数的生的技术。

她用黑暗的幕裹住人，却不断地推他向光明走。她把他坠向地面，使他变成懒惰和沉重，又不断地摇他使站起来。

她给我们许多需要，因为她爱动。那真是奇迹：用这么少的东西便可以产生这不息的动。一切需要都是恩惠：很快满足，立刻又再起来。她再给一个吗？那又是一个快乐底新源泉；但很快她又恢复均衡了。

她刻刻都在奔赴最远的途程，又刻刻都达到目标。

她是一切虚幻中之虚幻，可是并非对我们：对我们她把自己变成了一切要素中之要素。

她任每个儿童把她打扮，每个疯子把她批判。万千个漠不关心的人一无所见地把她践踏：无论什么都使她快乐，无论谁都使她满足。

你违背她底律法时在服从她；企图反抗她时也在和她合作。

无论她给什么都是恩惠，因为她先使变为必需的。她故意延迟，使人渴望她；特别赶快，使人不讨厌她。

她没有语言也没有文字，可是她创造无数的语言和心，藉以感受和说话。

她底王冕是爱；单是由爱你可以接近她。她在众生中树起无数的藩篱，又把它们全数吸收在一起。你只要在爱杯里啜一口，她便慰解了你充满着忧愁的一生。

她是万有。她自赏自罚，自乐又自苦。她是粗暴而温和，可爱又可怕，无力却又全能。一切都永远在那里，在她身上。她不知有过去和未来。现在对于她是永久。她是慈善的。我赞美她底一切事功。她是明慧而蕴藉的。除非她甘心情愿，你不能从她那里强取一些儿解释，或剥夺一件礼物。她是机巧的，可是全出于善意；最好你不要发觉她底机巧。

她是整体却又始终不完成。她对每个人都带着一副特殊的形相出现。她躲在万千个名字和称呼底下，却又始终是一样。

她把我放在这世界里；她可以把我从这里带走。她要我怎么样便怎么样。她决不会憎恶她手造的生物。解说她的并不是我。不，无论真假，一切都是她说的。一切功过都归她。

勃莱克

　　勃莱克（Blake，William；1757—1827），英国诗人、艺术家、镌版画家及神话作家。浪漫主义先驱，并是一位独树一格的浪漫派诗人。认为想象力超越一切，包括十八世纪的理性主义及唯物主义等等。生于英国伦敦商人之家，十二岁开始写诗。作品包括《天真之歌》、《经验之歌》、《米尔顿》等等。晚年受到朋友鼓励，开始速写、创作镌版画。他曾说："真正的人是永生的想象力。"一八二七年逝于伦敦。

（沉樱）

Auguries of Innocence

To see a World in a Grain of Sand

And a Heaven in a Wild Flower

Hold Infinity in the palm of your hand

And Eternity in an hour

天真底预示

一颗沙里看出一个世界，
一朵野花里一座天堂，
把无限放在你底手掌上，
永恒在一刹那里收藏。

The Fly

Little Fly
Thy summer's play,
My thoughtless hand
Has brush'd away.

Am not I
A fly like thee?
Or art not thou
A man like me?

For I dance
And drink and sing;
Till some blind hand
Shall brush my wing.

If thought is life
And strength and breath;
And the want
Of thought is death;

苍　蝇

小苍蝇，
你夏天底游戏
给我底手
无心地抹去。

我岂不像你
是一只苍蝇？
你岂不像我
是一个人？

因为我跳舞，
又饮又唱，
直到一只盲手
抹掉我底翅膀。

如果思想是生命，
呼吸和力量，
思想底缺乏
便等于死亡；

Then am I

A happy fly,

If I live,

Or if I die.

那么我就是

一只快活的苍蝇，

无论是死，

无论是生。

雪 莱

雪莱（Shelley，Percy Bysshe；1792—1822），英国抒情诗、戏剧诗人，为理想主义急进分子。与英国著名文学家济慈、拜伦同期。雪莱在同侪中最热衷政治，成就斐然，具高度争议性。擅长抒情诗、对话式及自传性诗、政治歌谣等等。

出生于富裕的男爵家庭，天赋极高，容貌英俊，个性放荡。著作多于死后由妻子玛丽汇整出版。其中又以篇幅短小的抒情诗、十四行诗及赞美诗表现最佳。作品包括《云》、《致云雀》、《康斯坦蒂雅之歌》。一八二二年于意大利旅游时坠海身亡。

（沉樱）

To the moon

Art thou pale for weariness

Of climbing heaven and gazing on the earth,

Wandering companionless

Among the stars that have a different birth,—

And ever changing, like a joyless eye

That finds no object worth its constancy?

问　月

你这样苍白：是否
倦于攀天和下望尘寰，
伶仃孤苦地飘流
在万千异己的星宿间——
永久变幻，像无欢的眼
找不出什么值得久盼？

Prometheus Unbound

To suffer woes which Hope thinks infinite;

To forgive wrongs darker than death or night;

To defy Power, which seems omnipotent;

To love, and bear; to hope till Hope creates

From its own wreck the thing it contemplates;

Neither to change, nor falter, nor repent;

This, like thy glory, Titan, is to be

Good, great and joyous, beautiful and free

This is alone Life, Joy, Empire, and Victory!

柏洛米修士底光荣 ①

忍受那希望以为无穷的祸灾；

宽恕那比死或夜还黑的损害；

蔑视那似乎无所不能的权威；

爱，而且容忍；希望，直至从残堆

希望创出它所凝视的对象来；

也不更改，也不踌躇，也不翻悔；

这就是，巨人，与你底光荣无异，

善良，伟大和快乐，自由和美丽；

这才是生命，欢愉，主权，和胜利！

---

① 选自《解放了的普罗米修士》（*Prometheus Unbound*）第四场。

雨　果 [1]

雨果（Hugo, Victor Marie; 1802—1885），法国诗人、小说家及剧作家，主导法国的浪漫运动。他在法国主要被尊崇为杰出的抒情诗人。雨果出生于法国柏桑松，父亲是拿破仑一世的将军，但是雨果父母感情失和，两人分手后，雨果跟随母亲，承袭了母亲反波拿巴主义的情绪。雨果写作风格创新，弥漫浪漫精神，受到史考特（Walter Scott）影响。一八四三年爱女的去世及侄女的精神失常给雨果带来极大打击，他逐渐关心社会正义。这种正义主要表现于一八四五年开始以悲惨人间为标题撰写，后来成为他最伟大的社会意识小说的《悲惨世界》。

一八四五年，雨果受封法国贵族。一八五一年法国政变，雨果与统治阶级关系破裂，带着家人逃到比利时，最后搬到根席岛，一八六二年《悲惨世界》出版。一八七〇年拿破仑三世垮台，雨果光荣回到巴黎，不倦地继续写作。一八八五年逝于巴黎后，遗体还盛装停枢于凯旋门供人凭吊，举行国葬后再将他葬于先贤祠。

雨果的作品不断出现主人翁特质，必须面临放逐、敌意

---

[1]　原刊"嚣俄"。

和极大的危险，才能为人们带来救赎。不但表达人类最深切的渴望，也成为每个时代的理想。

（沉樱）

Saison des semailles. Le soir

C'est le moment crépusculaire.

J'admire, assis sous un portail,

Ce reste de jour dont s'éclaire

La dernière heure du travail.

Dans les terres, de nuit baignées,

Je contemple, ému, les haillons

D'un vieillard qui jette à poignées

La moisson future aux sillons.

Sa haute silhouette noire

Domine les profonds labours.

On sent à quel point il doit croire

A la fuite utile des jours.

Il marche dans la plaine immense,

Va, vient, lance la graine au loin,

Rouvre sa main, et recommence,

Et je médite, obscur témoin,

播种季——傍晚

这正是黄昏底时分。
我坐在门楼下，观赏
这白昼底余辉照临
工作底最后的时光。

在浴着夜色的田野，
我凝望着一个衣衫
褴褛的老人，一把把
将未来底收获播散。

他那高大的黑身影
统治着深沉的耕地。
你感到他多么相信
光阴底有益的飞逝。

他独在大野上来去，
将种子望远处抛掷，
张开手，又重复开始，
我呢，幽暗的旁观者。

Pendant que, déployant ses voiles,

L'ombre, où se mêle une rumeur,

Semble élargir jusqu'aux étoiles

Le geste auguste du semeur.

沉思着，当杂着蜇声，
黑夜展开它底影子，
仿佛扩大到了群星
那播种者庄严的姿势。

波特莱尔

波特莱尔（Baudelaire, Charles; 1821—1867），法国诗人，是象征主义运动的先驱，被视为二十世纪初最具影响力的现代诗人，最著名的诗集为《恶之花》。波特莱尔死后，其思想与作品才受到重视。艾略特称他是："一位生不逢时的古典学者和基督徒。"

其诗伟大之处在于结合古典和浪漫两种截然不同的特质，表达既敏感又深奥的超感性，探索情感世界。波特莱尔的生活放荡荒唐，但又以犀利的文学批评及翻译爱伦坡的作品闻名。晚年处境十分悲惨，不但被债务拖累，且健康日形恶化，在瘫痪和失语症交相折磨下逝于巴黎。

（沉樱）

Bénédiction

Lorsque, par un décret des puissances suprêmes,

Le Poète apparaît en ce monde ennuyé,

Sa mère épouvantée et pleine de blasphèmes

Crispe ses poings vers Dieu, qui la prend en pitié:

« Ah! que n'ai-je mis bas tout un nœud de vipères,

Plutôt que de nourrir cette dérision!

Maudite soit la nuit aux plaisirs éphémères

Où mon ventre a conçu mon expiation!

« Puisque tu m'as choisie entre toutes les femmes

Pour être le dégoût de mon triste mari,

Et que je ne puis pas rejeter dans les flammes,

Comme un billet d'amour, ce monstre rabougri,

« Je ferai rejaillir ta haine qui m'accable

Sur l'instrument maudit de tes méchancetés,

Et je tordrai si bien cet arbre misérable,

Qu'il ne pourra pousser ses boutons empestés! »

祝　福

当诗人奉了最高权威底谕旨
出现在这充满了苦闷的世间，
他母亲，满怀着亵渎而且惊悸，
向那垂怜她的上帝拘着双拳：

——"呀！我宁可生一团蜿蜒的毒蛇，
也不情愿养一个这样的妖相！
我永远诅咒那霎时狂欢之夜，
那晚我肚里怀孕了我底孽障！

既然你把我从万千的女人中
选作我那可怜的丈夫底厌恶，
我又不能在那熊熊的火焰中
像情书般投下这侏儒的怪物，

我将使你那蹂躏着我的嫌憎
溅射在你底恶意底毒工具上，
我将拼命揉折这不祥的树身
使那病瘵的蓓蕾再不能开放！"

Elle ravale ainsi l'écume de sa haine,

Et, ne comprenant pas les desseins éternels,

Elle-même prépare au fond de la Géhenne

Les bûchers consacrés aux crimes maternels.

Pourtant, sous la tutelle invisible d'un Ange,

L'Enfant déshérité s'enivre de soleil,

Et dans tout ce qu'il boit et dans tout ce qu'il mange

Retrouve l'ambroisie et le nectar vermeil.

Il joue avec le vent, cause avec le nuage,

Et s'enivre en chantant du chemin de la croix;

Et l'Esprit qui le suit dans son pèlerinage

Pleure de le voir gai comme un oiseau des bois.

Tous ceux qu'il veut aimer l'observent avec crainte,

Ou bien, s'enhardissant de sa tranquillité,

Cherchent à qui saura lui tirer une plainte,

Et font sur lui l'essai de leur férocité.

Dans le pain et le vin destinés à sa bouche

这样，她咽下了她怨毒底唾沫，
而且，懵懵然于那永恒的使命，
她为自己在地狱深处准备着
那专为母罪而设的酷烈火刑。

可是，受了神灵底冥冥的荫庇，
那被抛弃的婴儿陶醉着阳光，
无论在所饮或所食的一切里，
都尝到那神膏和胭脂的仙酿。

他和天风游戏，又和流云对语，
在十字架路上醉醺醺地歌唱，
那护他的天使也禁不住流涕
见他开心得像林中小鸟一样。

他想爱的人见他都怀着惧心，
不然就忿恨着他那么样冷静，
看谁能够把他榨出一声呻吟，
在他身上试验着他们底残忍。

在他那分内应得的酒和饭里，

Ils mêlent de la cendre avec d'impurs crachats;

Avec hypocrisie ils jettent ce qu'il touche,

Et s'accusent d'avoir mis leurs pieds dans ses pas.

Sa femme va criant sur les places publiques:

« Puisqu'il me trouve assez belle pour m'adorer,

Je ferai le métier des idoles antiques,

Et comme elles je veux me faire redorer;

« Et je me soûlerai de nard, d'encens, de myrrhe,

De génuflexions, de viandes et de vins,

Pour savoir si je puis dans un cœur qui m'admire

Usurper en riant les hommages divins!

« Et, quand je m'ennuierai de ces farces impies,

Je poserai sur lui ma frêle et forte main;

Et mes ongles, pareils aux ongles des harpies,

Sauront jusqu'à son cœur se frayer un chemin.

« Comme un tout jeune oiseau qui tremble et qui palpite,

J'arracherai ce cœur tout rouge de son sein,

Et, pour rassasier ma bête favorite,

他们把灰和不洁的唾涎混进；
虚伪地扔掉他所摸过的东西，
又骂自己把脚踏着他底踪印。

他底女人跑到公共场上大喊：
"既然他觉得我美丽值得崇拜，
我要仿效那古代偶像底榜样；
像它们，我要全身通镀起金来。

我要饱餐那松香，没药和温馨，
以及跪叩，肥肉，和香喷喷的酒，
看我能否把那对神灵的崇敬
笑着在这羡慕我的心里僭受。

我将在他身上搁这纤劲的手
当我腻了这些不虔敬的把戏；
我锋利的指甲，像只凶猛的鸷，
将会劈开条血路直透他心里。

我将从他胸内挖出这颗红心，
像一只颤栗而且跳动的小鸟；
我将带着轻蔑把它往地下扔

Je le lui jetterai par terre avec dédain! »

Vers le Ciel, où son œil voit un trône splendide,
Le Poète serein lève ses bras pieux,
Et les vastes éclairs de son esprit lucide
Lui dérobent l'aspect des peuples furieux:

« Soyez béni, mon Dieu, qui donnez la souffrance
Comme un divin remède à nos impuretés,
Et comme la meilleure et la plus pure essence
Qui prépare les forts aux saintes voluptés!

« Je sais que vous gardez une place au Poète
Dans les rangs bienheureux des saintes Légions,
Et que vous l'invitez à l'éternelle fête
Des Trônes, des Vertus, des Dominations.

« Je sais que la douleur est la noblesse unique
Où ne mordront jamais la terre et les enfers,
Et qu'il faut pour tresser ma couronne mystique
Imposer tous les temps et tous les univers.

让我那宠爱的畜牲吃一顿饱！"

定睛望着那宝座辉煌的天上，
诗人宁静地高举虔敬的双臂，
他那明慧的心灵底万丈光芒
把怒众底狰狞面目完全掩蔽：

——"我祝福你，上帝，你赐我们苦难
当作洗涤我们底罪污的圣药，
又当作至真至纯的灵芝仙丹
修炼强者去享受那天都极乐！

我知道你为诗人留一个位置
在那些圣徒们幸福的行列中，
我知道你邀请他去躬自参预
那宝座，德行和统治以至无穷。

我知道痛苦是人底唯一贵显
永远超脱地狱和人间底侵害，
而且，为要编织我底神秘冠冕，
应该受万世和万方顶礼膜拜。

« Mais les bijoux perdus de l'antique Palmyre,

Les métaux inconnus, les perles de la mer,

Par votre main montés, ne pourraient pas suffire

A ce beau diadème éblouissant et clair;

« Car il ne sera fait que de pure lumière,

Puisée au foyer saint des rayons primitifs,

Et dont les yeux mortels, dans leur splendeur entière,

Ne sont que des miroirs obscurcis et plaintifs! »

可是古代棕榈城散逸的珍饰，
不知名的纯金，和海底的夜光，
纵使你亲手采来，也不够编织
这庄严的冠冕，璀璨而且辉煌；

因为，它底真体只是一片银焰
汲自太初底晶莹昭朗的大星：
人间凡夫底眼，无论怎样光艳，
不过是些黯淡和凄凉的反映！"

Correspondances

La Nature est un temple où de vivants piliers

Laissent parfois sortir de confuses paroles ;

L'homme y passe à travers des forêts de symboles

Qui l'observent avec des regards familiers.

Comme de longs échos qui de loin se confondent

Dans une ténébreuse et profonde unité,

Vaste comme la nuit et comme la clarté,

Les parfums, les couleurs et les sons se répondent.

Il est des parfums frais comme des chairs d'enfants,

Doux comme les hautbois, verts comme les prairies,

— Et d'autres, corrompus, riches et triomphants,

Ayant l'expansion des choses infinies,

Comme l'ambre, le musc, le benjoin et l'encens,

Qui chantent les transports de l'esprit et des sens.

契　合

自然是座大神殿，在那里
活柱有时发出模糊的话；
行人经过象征底森林下，
接受着它们亲密的注视。

有如远方的漫长的回声
混成幽暗和深沉的一片，
渺茫如黑夜，浩荡如白天，
颜色，芳香与声音相呼应。

有些芳香如新鲜的孩肌，
宛转如清笛，青绿如草地，
——更有些呢，朽腐，浓郁，雄壮。

具有无限底旷邈与开敞，
像琥珀，麝香，安息香，馨香，
歌唱心灵与官能底热狂。

Le Balcon

Mère des souvenirs, maîtresse des maîtresses,

O toi, tous mes plaisirs, ô toi, tous mes devoirs!

Tu te rappelleras la beauté des caresses,

La douceur du foyer et le charme des soirs,

Mère des souvenirs, maîtresse des maîtresses!

Les soirs illuminés par l'ardeur du charbon,

Et les soirs au balcon, voilés de vapeurs roses;

Que ton sein m'était doux! que ton cœur m'était bon!

Nous avons dit souvent d'impérissables choses

Les soirs illuminés par l'ardeur du charbon.

Que les soleils sont beaux dans les chaudes soirées!

Que l'espace est profond! que le cœur est puissant!

En me penchant vers toi, reine des adorées,

Je croyais respirer le parfum de ton sang.

Que les soleils sont beaux dans les chaudes soirées!

La nuit s'épaississait ainsi qu'une cloison,

露　台

记忆底母亲呵，情人中的情人，
你呵，我底欢欣！你呵，我底义务！
你将永远记得那迷人的黄昏，
那温暖的火炉和缠绵的爱抚，
记忆底母亲呵，情人中的情人！

那熊熊的炉火照耀着的黄昏，
露台上的黄昏，蒙着薄红的雾，
你底心多么甜，你底胸多么温！
我们常常说许多不朽的话语
那熊熊的炉火照耀着的黄昏！

暖烘烘的晚上那太阳多么美！
宇宙又多么深！心脏又多么强！
女王中的女王呵，当我俯向你，
我仿佛在呼吸你血液底芳香。
暖烘烘的晚上那太阳多么美！

夜色和屏障渐渐变成了深黑：

Et mes yeux dans le noir devinaient tes prunelles

Et je buvais ton souffle, ô douceur, ô poison!

Et tes pieds s'endormaient dans mes mains

[fraternelles,

La nuit s'épaississait ainsi qu'une cloison.

Je sais l'art d'évoquer les minutes heureuses,

Et revis mon passé blotti dans tes genoux.

Car à quoi bon chercher tes beautés langoureuses

Ailleurs qu'en ton cher corps et qu'en ton cœur si doux?

Je sais l'art d'évoquer les minutes heureuses!

Ces serments, ces parfums, ces baisers infinis,

Renaîtront-ils d'un gouffre interdit à nos sondes,

Comme montent au ciel les soleils rajeunis

Après s'être lacés au fond des mers profondes!

—O serments! ô parfums! ô baisers infinis!

我底眼在暗中探寻你底柔睛，
而我畅饮你底呼息，多甜！多毒！
你底脚也渐渐沉睡在我手心。
夜色和屏障渐渐变成了深黑。

我有术把那幸福的时光唤醒，
复苏我那伏在你膝间的过去。
因为，除了你底柔媚的身和心，
那里去寻你那慵倦惺忪的美？
我有术把那幸福的时光唤醒！

这深盟，这温馨，这无穷的偎搂
可能从那不容测的深渊复生，
像太阳在那沉沉的海底浴后
更光明地向晴碧的天空上升：
——啊深盟！啊温馨！啊无穷的偎搂！

Chant d'automne

I

Bientôt nous plongerons dans les froides ténèbres;
Adieu, vive clarté de nos étés trop courts!
J'entends déjà tomber avec des chocs funèbres
Le bois retentissant sur le pavé des cours.

Tout l'hiver va rentrer dans mon être: colère,
Haine, frissons, horreur, labeur dur et forcé,
Et, comme le soleil dans son enfer polaire.
Mon cœur ne sera plus qu'un bloc rouge et glacé.

J'écoute en frémissant chaque bûche qui tombe;
L'échafaud qu'on bâtit n'a pas d'écho plus sourd.
Mon esprit est pareil à la tour qui succombe
Sous les coups du bélier infatigable et lourd.

秋　歌

一

不久我们将沦入森冷的黑暗；
再会罢，太短促的夏天底骄阳！
我已经听见，带着惨怆的震撼，
枯木槭槭地落在庭院底阶上。

整个冬天将窜入我底身：怨毒，
恼怒，寒噤，恐怖，和惩役与苦工；
像寒日在北极底冰窖里瑟缩，
我底心只是一块冰冷的红冻。

我战兢地听每条残枝底倾坠；
建筑刑台的回响也难更喑哑。
我底心灵像一座城楼底崩溃
在撞角 ① 底沉重迫切的冲击下。

---

① **撞角**　欧洲中世纪用的一种攻城机，形如羊角。——译者原注

Il me semble, bercé par ce choc monotone,

Qu'on cloue en grande hâte un cercueil quelque part.

Pour qui?— C'était hier l'été; voici l'automne!

Ce bruit mystérieux sonne comme un départ.

我听见，给这单调的震撼所摇，

仿佛有人在匆促地钉着棺材。

为谁呀？——昨儿是夏天；秋又来了！

这神秘声响像是急迫的相催。

II

J'aime de vos longs yeux la lumière verdâtre,

Douce beauté, mais tout aujourd'hui m'est amer,

Et rien, ni votre amour, ni le boudoir, ni l'âtre,

Ne me vaut le soleil rayonnant sur la mer.

Et pourtant aimez-moi, tendre cœur! soyez mère

Même pour un ingrat, même pour un méchant;

Amante ou sœur, soyez la douceur éphémère

D'un glorieux automne ou d'un soleil couchant.

Courte tâche! La tombe attend; elle est avide!

Ah! laissez-moi, mon front posé sur vos genoux,

Goûter, en regrettant l'été blanc et torride,

De l'arrière-saison le rayon jaune et doux!

二

我爱你底修眼里的碧辉，爱人，
可是今天什么我都觉得凄凉，
无论你底闺房，你底爱，和炉温
都抵不过那海上太阳底金光。

可是，还是爱我罢，温婉的心呵！
像母亲般，即使对逆子或坏人；
请赐我，情人或妹妹呵，那晚霞
或光荣的秋天底瞬息的温存。

不过一瞬！坟墓等着！它多贪婪！
唉！让我，把额头放在你底膝上，
一壁惋惜那炎夏白热的璀璨，
细细尝着这晚秋黄色的柔光！

尼 采

尼采（Nietzsche，Friedrich；1844—1900），德国哲学家，其著作对十九和二十世纪的欧洲文学、哲学和心理学产生深远的影响。尼采是牧师之子，一八六九年成为瑞士巴赛尔大学的教授，一八七〇—一八七一年普法战争时曾经服役于普鲁士军队，担任护理工作。一九〇〇年卒于威玛。

尼采的思想在于提升自我的升华，应当表现在所谓的"超人"（Ubermensch）身上。超人是满怀激情的人，能行使自己的情感，而非绝情离欲。尼采批评基督教的彼世思想；他主张没有一个独特的道德是放诸四海皆准的。所有重大成就均有赖严明纪律，但我们不应将一个特别的戒规强加在所有人身上。

二十世纪的德、法文学和哲学家都深受尼采影响，包括托马斯·曼、赫塞、马尔罗、纪德和加缪、萨特等人都服膺他的思想。佛洛依德曾说尼采的真知灼见"往往以一种最令人称奇的方式，与精神分析煞费苦心的结果不谋而合"。尼采的作品包括《善与恶之外》、自传《瞧！这个人》等等。

（沉樱）

《尼采底诗》译序

尼采一生，曾几度作诗。他底诗思往往缄默了数年之久，忽然，间或由于美景良辰底启发，大部分由于强烈的内在工作底丰收，又泉涌起来了。所以他底诗虽只薄薄的一本，却差不多没有一首——从奇诡的幽思如《流浪人》，以至于讽刺或寓意的箴言，尤其是晚年作的《太阳落了》等——没有一首不反映着，沸腾着作者底傲岸、焦躁、狂热或幽深的生命。在德国底抒情诗里，我敢大胆说他是歌德以后第一人。

尼采底诗，除了箴言式的均用韵律外，大多数都是自由诗。《太阳落了》等尤极其奔放跌宕之致。译者在下面的译文里自信颇努力追踪原作：有韵的用韵，无韵的力求节奏底自然。不过一则限于两国文字基本上的差异，一则限于译者个人底表现力，委屈尼采处必定不少。至于《醉歌》一首，原作虽用韵，而且用得极神妙，译文却只能表其意了。

民国廿三年七月杪译者识于叶山

初刊一九三四年《文学》三卷三号

Der Wandrer

Es geht ein Wandrer durch die Nacht

Mit gutem Schritt;

Und krummes Thal und lange Höhn —

Er nimmt sie mit.

Die Nacht ist schön —

Er schreitet zu und steht nicht still,

Weiß nicht, wohin sein Weg noch will.

Da singt ein Vogel durch die Nacht:

"Ach Vogel, was hast du gemacht!

Was hemmst du meinen Sinn und Fuß

Und gießest süßen Herz-Verdruß

In's Ohr mir, daß ich stehen muß

Und lauschen muß —

Was *lockst* du mich mit Ton und Gruß?" —

Der gute Vogel schweigt und spricht:

"Nein, Wandrer, nein! Dich lock' ich nicht

Mit dem Getön —

流浪人

一个流浪人迈着大步
在夜里趱程；
跨过长的峡，羊肠的谷——
翻山又越岭。
良夜悠悠——
他尽管走，永不停留，
不知哪里是路底尽头。

一只好鸟在夜里唱：
"唉，鸟呀，你为什么这样！
为什么勾住我底脚和心，
为什么把这凄凉的清音
灌注我底耳，教我不能不停
不能不听——
为什么唤我用敬礼与嘤鸣？"——

好鸟沉默了半晌
说："不呀，流浪人，不！我嘤嘤歌唱
并不是唤你——

Ein Weibchen lock' ich von den Höhn —

Was geht's dich an?

Allein ist mir die Nacht nicht schön.

Was geht's dich an? Denn du sollst gehn

Und nimmer, nimmer stille stehn!

Was stehst du noch?

Was that mein Flötenlied dir an,

Du Wandersmann?"

Der gute Vogel schweig und sann:

"Was that mein Flötenlied ihm an?

Was steht er noch? —

Der arme, arme Wandersmann!"

我只呼唤那高处的小雌——
这与你何干？
我独不觉得夜良——
这与你何干？因为你得朝前走
永远，永远不停留！
你为什么还踟蹰不进？
我箫似的歌声于你何伤：
啊，你流浪的人！"

好鸟沉默了想：
"我箫似的歌声于他何伤？
为什么他还踟蹰不进？——
可怜，可怜的流浪人！"

Im deutschen November

Dies ist der Herbst: der — bricht dir noch das Herz!

Fliege fort! fliege fort! —

Die Sonne schleicht zum Berg

Und steigt und steigt

und ruht bei jedem Schritt.

Was ward die Welt so welk!

Auf müd gespannten Fäden spielt

Der Wind sein Lied.

Die Hoffnung floh —

Er klagt ihr nach.

Dies ist der Herbst: der — bricht dir noch das Herz.

Fliege fort! fliege fort!

Oh Frucht des Baums,

Du zitterst, fällst?

Welch ein Geheimniß lehrte dich

Die Nacht,

Daß eis'ger Schauder deine Wange,

Die Purpur-Wange deckt? —

秋

秋天来了：——你底心快碎了！

飞去罢！飞去罢！

太阳溜上了山顶，

他上升复上升

走一步，停一停。

世界变得多憔悴！

紧张的倦弦上

风在奏乐。

希望飞去了——

它追着唤奈何。

秋天来了：——你底心快碎了！

飞去罢！飞去罢！——

树上的果呵，

你颤栗，坠落？

夜

教了你什么秘密，

以致一阵冰冷的寒噤

透过你底颊，你那绯红的颊？——

Du schweigst, antwortest nicht?

Wer redet noch? —

Dies ist der Herbst: der—bricht dir noch das Herz.

Fliege fort! fliege fort! —

"Ich bin nicht schön

— so spricht die Sternenblume —

Doch Menschen lieb' ich

Und Menschen tröst' ich —

sie sollen jetzt noch Blumen sehn,

nach mir sich bücken

ach! und mich brechen —

in ihrem Auge glänzet dann

Erinnerung auf,

Erinnerung an Schöneres als ich: —

— ich seh's, ich seh's — und sterbe so." —

Dies ist der Herbst: der — bricht dir noch das Herz!

Fliege fort! fliege fort!

你默着，不回答么？
谁在说话？ ——

秋天来了：——你底心快碎了！
飞去罢！飞去罢！ ——
"我并不美，"
——小茴香花这样说——
"但我爱人们，
我安慰人们——
他们还得要看花
和低头就我
唉！并且折我——
于是他们眼里便燃起了
回忆！
那比我美丽的东西底回忆：
——我看见它，我看见它！
并且就这样死去！" ——

秋天来了：——你底心快碎了！
飞去罢！飞去罢！

Arthur Schopenhauer

Was er lehrte ist abgethan,

Was er lebte, wird bleiben stahn:

Seht ihn nur an!

Niemandem war er unterthan!

叔本华 [①]

他底学说被抛弃了，

他底行迹将永垂不朽：

看看他罢——

他从不向任何人低头！

[①] **叔本华**（Arthur Schopenhauer），德国哲学家。表面上虽似相反，他底悲观主义实在是尼采超人主义底前驱。他生于一七八八年，死于一八六〇年。——译者原注

Venedig

An der Brücke stand

jüngst ich in brauner Nacht.

Fernher kam Gesang:

goldener Tropfen quoll's

über die zitternde Fläche weg.

Gondeln, Lichter, Musik —

trunken schwamm's in die Dämmrung hinaus ...

Meine Seele, ein Saitenspiel,

sang sich, unsichtbar berührt,

heimlich ein Gondellied dazu,

zitternd vor bunter Seligkeit.

— Hörte Jemand ihr zu? ...

威尼斯

倚着桥栏

我站在昏黄的夜里。

歌声远远传来：

滴滴的金泻在

粼粼的水面上。

画艇①，光波，音乐——

醉一般地在暮霭里流着……

我底灵魂是张弦琴，

给无形的手指轻弹，

对自己偷唱

一支画艇底歌，

为了彩色的福乐颤抖着。

——有人在听么？

---

① **画艇**　原文 Gondola，是威尼斯独有的一种小艇，与我国底画艇本迥然二物；不
过二者皆为游乐而设，这一点却颇相仿佛。——译者原注

Pinie und Blitz

Hoch wuchs ich über Mensch und Thier;

Und sprech' ich — Niemand spricht mit mir.

Zu einsam wuchs ich und zu hoch —

Ich warte: worauf wart' ich doch?

Zu nah ist mir der Wolken Sitz, —

Ich warte auf den ersten Blitz.

松与雷

我今高于兽与人；
我发言时——无人应。

我今又高又孤零——
苍然兀立为何人？

我今高耸入青云，——
静待霹雳雷一声。

Der Einsamste

Nun, da der Tag

Des Tages müde ward, und aller Sehnsucht Bäche

Von neuem Trost plätschern,

auch alle Himmel, aufgehängt in Gold-Spinnetzen,

zu jedem Müden sprechen: "ruhe nun!" —

was ruhst du nicht, du dunkles Herz,

was stachelt dich zu fußwunder Flucht ...

weß harrest du?

最孤寂者

现在，当白天
厌倦了白天，当一切欲望底河流
淙淙的鸣声带给你新的慰藉，
当金织就的天空
对一切疲倦的灵魂说："安息罢！"——
你为什么不安息呢，阴郁的心呵，
什么刺激你使你不顾双脚流血地奔逃呢……

你盼望着什么呢?

Das Nachtwandler Lied

Oh Mensch! Gieb Acht!

Was spricht die tiefe Mitternacht?

"Ich schlief, ich schlief —,

"Aus tiefem Traum bin ich erwacht: —

"Die Welt ist tief,

"Und tiefer als der Tag gedacht.

"Tief ist ihr Weh —,

"Lust — tiefer noch als Herzeleid:

"Weh spricht: Vergeh!

"Doch alle Lust will Ewigkeit —

"— will tiefe, tiefe Ewigkeit!"

醉　歌

人啊！留神罢！

深沉的午夜在说什么？

"我睡着，我睡着——

我从深沉的梦里醒来：——

世界是深沉的，

比白昼所想的还要深沉。

痛苦是深沉的——

快乐！却比心疼还要深沉；

痛苦说：消灭罢！

可是一切快乐都要求永恒——

要求深沉，深沉的永恒！"

Letzter Wille

So sterben,

wie ich ihn einst sterben sah —,

den Freund, der Blitze und Blicke

göttlich in meine dunkle Jugend warf:

— Muthwillig und tief,

in der Schlacht ein Tänzer —,

unter Kriegern der Heiterste,

unter Siegern der Schwerste,

auf seinem Schicksal ein Schicksal stehend,

hart, nachdenklich, vordenklich —:

erzitternd darob, daß er siegte,

jauchzend darüber, daß er sterbend siegte —:

befehlend, indem er starb,

— und er befahl, daß man vernichte ...

遗　嘱

死去，
像我从前看见他那样死去，
那曾经在我暗晦的青春里
放射电火与日光的朋友：
猛烈而且深沉，
战场上一个跳舞家——

在最快活的战士们当中，
在最严肃的胜利者当中，
树立一个命运在自己命运上，
坚强，深思，审慎——：

预先为胜利而颤栗着，
欢欣着将死在胜利里——：

临死还在指挥着
——而且指挥人去破坏……

So sterben,

wie ich ihn einst sterben sah:

siegend, vernichtend ...

死去，

像我从前看见他那样死去——

胜利者，破坏者……

Die Sonne sinkt

I

Nicht lange durstest du noch,
　　　　verbranntes Herz!
Verheissung ist in der Luft,
aus unbekannten Mündern bläst mich's an,
　　　— die große Kühle kommt ...

Meine Sonne stand heiß über mir im Mittage:
seid mir gegrüßt, dass ihr kommt,
　　　　ihr plötzlichen Winde,
ihr kühlen Geister des Nachmittags!

Die Luft geht fremd und rein.
Schielt nicht mit schiefem
　　　　Verführerblick
die Nacht mich an? ...
Bleib stark, mein tapfres Herz!
Frag nicht: warum? —

太阳落了

一

你不会再燥渴多少时候了，
燃烧着的心呵！
预兆已经布满了空中，
呼息从无名的唇吹到我身上，
——伟大的清凉来了！

中午太阳热烘烘地照在我头上：
欢迎呀，你们回来的，
你们陡然的风，
午后底清凉的精神！

空气神秘而且清和地荡漾。
带着斜睨的眼
满充着诱惑，
夜不在向你招手吗？
坚忍着，勇敢的心！
别问：为什么？——

II

Tag meines Lebens!

die Sonne sinkt.

Schon steht die glatte

　　　Fluth vergüldet.

Warm athmet der Fels:

　　　schlief wohl zu Mittag

das Glück auf ihm seinen Mittagsschlaf? —

　　　In grünen Lichtern

spielt Glück noch der braune Abgrund herauf.

Tag meines Lebens!

gen Abend gehts!

Schon glüht dein Auge

　　　halbgebrochen,

schon quillt deines Thaus

　　　Thränengeträufel,

schon läuft still über weiße Meere

deiner Liebe Purpur,

deine letzte zögernde Seligkeit ...

二

我生命底日子呵！
太阳落了。
平静的波面
已经铺上了金。
热气从岩石透出来：
说不定中午
幸福曾在那上面打盹罢？——
碧色的光，
幸福底反照，还在昏黄的深渊上闪烁着呢。

我生命底日子呵！
黄昏近了，
你半闭的眼
已经灼着红光，
你露水似的泪珠
已经滴滴流泻，
白茫茫的海上已经静悄悄地流着
你底爱情底紫辉，
你底最后的迟暮的福乐了……

III

Heiterkeit, güldene, komm!

     du des Todes

heimlichster süßester Vorgenuß!

— Lief ich zu rasch meines Wegs?

Jetzt erst, wo der Fuß müde ward,

     holt dein Blick mich noch ein,

     holt dein *Glück* mich noch ein.

Rings nur Welle und Spiel.

     Was je schwer war,

sank in blaue Vergessenheit —

müßig steht nun mein Kahn.

Sturm und Fahrt — wie verlernt er das!

     Wunsch und Hoffen ertrank,

     glatt liegt Seele und Meer.

Siebente Einsamkeit!

     Nie empfand ich

näher mir süße Sicherheit,

三

宁静呵，金色的，来！
你，死底
最深刻，最甘美的前味！
——我太匆促跑过了我底路程吗？
现在，我双脚累了，
你底目光才来临照我，
你底幸福才来临照我。

四围只有波浪与游戏。
一切沉重的
全吞没在蔚蓝的遗忘里了——
我底艇懒洋洋地泊着。
风浪与航行——它早忘掉了！
愿望与希冀通沉没了，
灵魂和海平静地躺着。

啊，七重的静境！
我从未感到
那甘美的安定更近我，

wärmer der Sonne Blick.

— Glüht nicht das Eis meiner Gipfel noch?

　　Silbern, leicht, ein Fisch

　　schwimmt nun mein Nachen hinaus ...

太阳底目光更温暖！

——我峰顶底积雪不已经通红了吗？

银色，轻盈，像一条鱼，

我底艇在空间泛着……

魏尔仑

　　魏尔仑（Verlaine，Paul；1844—1896），法国诗人，生于法国麦次（Metz），卒于巴黎。七岁时跟随父母到巴黎。他的第一个职业是在一家保险公司任职，这段期间却成为他以象征主义诗人开始用高蹈派风格（Parnassian style）练习写韵文的重要时期。魏尔仑的诗歌虽然比其他法国象征主义者的作品更易理解，他的个性却是极其复杂。一般认为他个性软弱、感情反复无常。

　　晚年的魏尔仑被誉为当代最伟大的诗人，但尽管他在开发语言资源上成就卓越，对法国诗歌的影响并不大。魏尔仑的第一部诗集《感伤集》显然深受波特莱尔的影响，暴露早期浪漫主义诗人常患的忧郁症。魏尔仑的最佳诗集是受华铎（Jean Antoine Watteau）的油画激发而作的《戏装游乐园》和《无题浪漫曲》。他主张并创造诗歌的音乐性，有如一位印象派艺术家。

　　　　　　　　　　　　　　　　　　　　（沉樱）

Clair de lune

Votre âme est un paysage choisi

Que vont charmants masques et bergamasques,

Jouant du luth et dansant et quasi

Tristes sous leurs déguisements fantasques.

Tout en chantant sur le mode mineur

L'amour vainqueur et la vie opportune,

Ils n'ont pas l'air de croire à leur bonheur

Et leur chanson se mêle au clair de lune,

Au calme clair de lune triste et beau,

Qui fait rêver les oiseaux dans les arbres

Et sangloter d'extase les jets d'eau,

Les grands jets d'eau sveltes parmi les marbres.

月光曲

你底魂是片迷幻的风景
斑衣的俳优在那里游行，
他们弹琴而且跳舞——终竟
彩装下掩不住欲颦的心。

他们虽也曼声低唱，歌颂
那胜利的爱和美满的生，
终不敢自信他们底好梦，
他们底歌声却散入月明——

散入微茫，凄美的月明里，
去萦绕树上小鸟底梦魂，
又使喷泉在白石丛深处
喷出丝丝的欢乐的咽声。

Colloque sentimental

Dans le vieux parc solitaire et glacé
Deux formes ont tout à l'heure passé.

Leurs yeux sont morts et leurs lèvres sont molles,
Et l'on entend à peine leurs paroles.

Dans le vieux parc solitaire et glacé
Deux spectres ont évoqué le passé.

— Te souvient-il de notre extase ancienne?
— Pourquoi voulez-vous donc qu'il m'en souvienne?

— Ton cœur bat-il toujours à mon seul nom?
Toujours vois-tu mon âme en rêve? —Non.

— Ah! les beaux jours de bonheur indicible
Où nous joignions nos bouches!—C'est possible.

Qu'il était bleu, le ciel, et grand l'espoir!

感伤的对语

一座荒凉，冷落的古园里，
刚才悄悄走过两个影子。

他们眼睛枯了，他们嘴唇
瘪了，声音也隐约不可闻。

在那荒凉，冷落的古园里，
一对幽灵依依细数往事。

"你可还记得我们底旧欢？"
"为什么要和我重提这般？"

"你闻我底名字心还跳不？
梦里可还常见我底魂？"——"不。"

"啊，那醉人的芳菲的良辰，
我们底嘴和嘴亲！"——"也可能。"

"那时天多青，希望可不小！"

— L'espoir a fui, vaincu, vers le ciel noir.

Tels ils marchaient dans les avoines folles,
Et la nuit seule entendit leurs paroles.

"希望已飞，飞向黑的天了！"

于是他们走进乱麦丛中，
只有夜听见这呓语朦胧。

La lune blanche

La lune blanche
Luit dans les bois;
De chaque branche
Part une voix
Sous la ramée ...

O bien-aimée.

L'étang reflète,
Profond miroir,
La silhouette
Du saule noir
Où le vent pleure ...

Rêvons, c'est l'heure.

Un vaste et tendre
Apaisement
Semble descendre

白色的月

白色的月
照着幽林，
离披的叶
时吐轻音，
声声清切：

哦，我底爱人！

一泓澄碧，
净的琉璃，
微波闪烁，
柳影依依——
风在叹息：

梦罢，正其时。

无边的静
温婉，慈祥，
万丈虹影

Du firmament

Que l'astre irise ...

C'est l'heure exquise.

垂自穹苍

五色辉映……①

幸福的辰光！

---

① 本诗第三节字面和原作微有出入。原作末三行大意是"垂自月华照耀的穹苍"，
译文却用"万丈虹影"把诗人所感到的"无边的静"Visualized（烘托）出来。
因为要表现出原作音乐底美妙，所以擅自把它改了。——译者原注

Il pleure dans mon cœur

Il pleure dans mon cœur
Comme il pleut sur la ville,
Quelle est cette langueur
Qui pénètre mon cœur?

O bruit doux de la pluie
Par terre et sur les toits!
Pour un cœur qui s'ennuie,
O le chant de la pluie!

Il pleure sans raison
Dans ce cœur qui s'écœure.
Quoi! nulle trahison?
Ce deuil est sans raison.

C'est bien la pire peine
De ne savoir pourquoi,
Sans amour et sans haine,
Mon cœur a tant de peine!

泪流在我心里

泪流在我心里，
雨在城上淅沥：
哪来的一阵凄楚
滴得我这般惨戚？

啊，温柔的雨声！
地上和屋顶应和。
对于苦闷的心
啊，雨底歌！

尽这样无端地流，
流得我心好酸！
怎么！全无止休？
这哀感也无端！

可有更大的苦痛
教人慰解无从？
既无爱又无憎，
我底心却这般疼。

Le ciel est, par-dessus le toit

Le ciel est, par-dessus le toit,
　　Si bleu, si calme!
Un arbre, par-dessus le toit
　　Berce sa palme.

La cloche dans le ciel qu'on voit
　　Doucement tinte.
Un oiseau sur l'arbre qu'on voit
　　Chante sa plainte.

Mon Dieu, mon Dieu, la vie est là,
　　Simple et tranquille.
Cette paisible rumeur-là
　　Vient de la ville.

— Qu'as-tu fait, ô toi que voilà
　　Pleurant sans cesse,
Dis, qu'as-tu fait, toi que voilà,
　　De ta jeunesse?

狱　中

天空，它横在屋顶上，
　　多静，多青！
一棵树，在那屋顶上
　　欣欣向荣。

一座钟，向晴碧的天
　　悠悠地响；
一只鸟，在绿的树尖
　　幽幽地唱。

上帝呵！这才是生命，
　　清静，单纯。
一片和平声浪，隐隐
　　起自城心。

你怎样，啊，你在这里
　　终日涕零——
你怎样，说呀，消磨去
　　你底青春？

梵乐希

梵乐希（Valéry，Paul；1871—1945），法国诗人，他是最后一位重要的象征主义作家及多产的批评家和散文家。梵乐希注重声音的音乐性和心理的层面，写出音韵优美的诗歌。梵乐希出生于地中海渔港赛特（Sète），从小热爱大海。二十多岁时认识象征主义领袖人物马拉梅（Mallarmé）和纪德（André Gide），前者成了梵乐希的老师，后者成了他的终身好友。

梵乐希是位典型的二十世纪作家，他的目的就是表达真实的自我，他以此"自我"的观念解释有才华的文学家、艺术家及科学家。梵乐希的作品包括散文《与泰斯特先生促膝夜谈》，文章假设一种专断心灵的存在，透过坚强意志力能主宰心理及肉体的活动。另外还有让他声名大噪的《年轻的命运女神》及《海滨墓园》。他死后正是葬在赛特港的"海滨墓园"。

（沉樱）

水仙辞

（以安水仙之幽灵）

　　水仙是梵乐希酷爱的题材之一。他二十岁时初次发表的诗——即《水仙辞》，参看我底《保罗梵乐希先生》，见《诗与真》——便是咏它的。

　　一九二二年，距离《水仙辞》出现约三十年，他第三部诗集《幻美》初版，又载了一段《水仙底断片》。可是，这一次，已经不像从前那样，只是古希腊唯美的水仙，而是新世纪一个理智的水仙了。在再版的《幻美》里，我们又发现《水仙底断片》底第二、第三段。所谓断片，原就是未完成的意思，而第三段比较上更未完成。

　　一九二七年秋天一个清晨，作者偕我散步于绿林苑（Bois de Boulogne）。木叶始脱，朝寒彻骨，萧萧金雨中，他为我启示第三段后半篇底意境。我那天晚上便给他写了一封信，现在译出如下：

　　……水仙底水中丽影，在夜色昏瞑时，给星空替代了，或者不如说，幻成了繁星闪烁的太空：实在惟妙惟肖地象征那冥想出神底刹那顷——"真寂的境界"，像我用来移译"Présence Pensive"一样——在那里心灵是这般宁静，连我们自身的存在也不自觉了。在这恍惚非意识，近于空虚的境界，在这"圣灵的隐潜"里，我们消失而且和万化冥合了，我们在宇宙里，宇宙也在我们里：宇宙和我们的自我只合成一体。这样，当水仙凝望他水中的秀颜，正形神两忘时，黑夜倏临，影像隐灭了，天上底明星却——燃起来，投影波心，照澈那黯淡无光的清泉。炫耀或迷惑于这光明的宇宙之骤现，他想象这千万的荧荧群生只是他的自我化身……

（译者原注）

水仙，原名纳耳斯梭，希腊神话中之绝世美少年也。山林女神皆钟爱之。不为动。回声恋之尤笃，诱之不遂而死。诞生时，神人尝预告其父母曰："毋使自鉴，违则不寿也。"因尽藏家中诸镜，使弗能自照。一日，游猎归，途憩清泉畔。泉水莹静，两岸花叶，无不澄然映现泉心，色泽分明。水仙俯身欲饮。忽觑水中丽影，绰约婵娟，凝视不忍去。已而暮色苍茫，昏黄中，两颊红花，与幻影同时寖灭。心灵俱枯，遂郁郁而逝。及众女神到水滨哭寻其尸，则仅见大黄白花一朵，清瓣纷披，掩映泉心。后人因名其花曰水仙云。诗中所叙，盖水仙临流自吊之词；即所以寓诗人对其自我之沉思，及其意想中之创造之吟咏。诗人藉神话以抒写本意之象征而已。

一九二七年初夏译者附识

Narcisse parle
Narcissæ placandis manibus.

Ô frères ! tristes lys, je languis de beauté

Pour m'être désiré dans votre nudité,

Et vers vous, Nymphe, Nymphe, ô Nymphe des fontaines,

Je viens au pur silence offrir mes larmes vaines.

Un grand calme m'écoute, où j'écoute l'espoir.

La voix des sources change et me parle du soir ;

J'entends l'herbe d'argent grandir dans l'ombre sainte,

Et la lune perfide élève son miroir

Jusque dans les secrets de la fontaine éteinte.

Et moi ! De tout mon cœur dans ces roseaux jeté,

Je languis, ô saphir, par ma triste beauté !

Je ne sais plus aimer que l'eau magicienne

Où j'oubliai le rire et la rose ancienne.

Que je déplore ton éclat fatal et pur,

Si mollement de moi fontaine environnée,

哥呵，惨淡的白莲，我愁思着美艳，
把我赤裸裸地浸在你溶溶的清泉。
而向着你，女神，女神，水的女神呵，
我来这百静中呈献我无端的泪点。

无边的静倾听着我，我向希望倾听。
泉声忽然转了，它和我絮语黄昏；
我听见银草在圣洁的影里潜生。
宿幻的霁月又高擎她黝古的明镜
照澈那黯淡无光的清泉底幽隐。

我呢！全心抛在这茸茸的芦苇丛中，
愁思，碧玉呵，愁思着我底凄美如梦！
我如今只知爱宠如幻的渌水溶溶，
在那里我忘记了古代蔷薇底欢容。

泉呵，你这般柔媚地把我环护，抱持，
我对你不祥的幽辉真有无限怜意。

Où puisèrent mes yeux dans un mortel azur
Mon image de fleurs humides couronnée !

Hélas ! L'image est vaine et les pleurs éternels !
À travers les bois bleus et les bras fraternels,
Une tendre lueur d'heure ambiguë existe,
Et d'un reste du jour me forme un fiancé
Nu, sur la place pâle où m'atrire l'eau triste...
Délicieux démon, désirable et glacé !

Voici dans l'eau ma chair de lune et de rosée,
Ô forme obéissante à mes yeux opposée !
Voici mes bras d'argent dont les gestes sont purs !...
Mes lentes mains dans l'or adorable se lassent
D'appeler ce captif que les feuilles enlacent,
Et je crie aux échos les noms des dieux obscurs !...

Adieu, reflet perdu sur l'onde calme et close,
Narcisse ... ce nom même est un tendre parfum
Au cœur suave. Effeuille aux mânes du défunt

我的慧眼在这碧琉璃的霭霭深处，
窥见了我自己底秀颜底寒瓣凄迷。

唉！秀颜儿这般无常呵泪涛儿滔滔！
间乎这巨臂交横的森森绿条
昏黄中有一线腼腆的银辉闪耀……
那里呵，当中这寒流淡淡①，密叶萧萧，
浮着一个冷冰冰的精灵，绰约，缥缈，
一个赤裸的情郎在那里依稀轻描！

这就是我水中的月与露底身，
顺从着我两重心愿的娟娟倩形！
我摇曳的银臂底姿势是何等澄清！……
黄金里我迟缓的手已倦了邀请；
奈何这绿阴环抱的囚徒只是不应！
我底心把幽冥的神号掷给回声！……

再会罢，潋潋的碧漪中漾着的娟影，
水仙呵……对于旖旎的心，这轻清的名
无异一阵温馨。请把蔷薇底残瓣

---

① **淡淡** 以冉切，水流安平貌。——译者原注

Sur ce vide tombeau la funérale rose.

Sois, ma lèvre, la rose effeuillant le baiser

Qui fasse un spectre cher lentement s'apaiser,

Car la nuit parle à demi-voix, proche et lointaine,

Aux calices pleins d'ombre et de sommeils légers.

Mais la lune s'amuse aux myrtes allongés.

Je t'adore, sous ces myrtes, ô l'incertaine

Chair pour la solitude éclose tristement

Qui se mire dans le miroir au bois dormant.

Je me délie en vain de ta présence douce,

L'heure menteuse est molle aux membres sur la mousse

Et d'un sombre délice enfle le vent profond.

Adieu, Narcisse … Meurs ! Voici le crépuscule.

Au soupir de mon cœur mon apparence ondule,

La flûte, par l'azur enseveli module

Des regrets de troupeaux sonores qui s'en vont.

Mais sur le froid mortel où l'étoile s'allume,

Avant qu'un lent tombeau ne se forme de brume,

Tiens ce baiser qui brise un calme d'eau fatal !

抛散在空茔上来慰长眠的殇魂。

愿你，晶唇呵，是那散芳吻的蔷薇，
抚慰那黄泉下彷徨无依的阴灵。
因为夜已自远自近地切切低语，
低语那满载浓影与轻睡的金杯。
皓月在枝叶垂垂的月桂间游戏。

我礼叩你，月桂下，晃漾着的明肌呵，
你在这万籁如水的静境寂然自开，
对着睡林中的明镜顾影自艾。
我安能与你妩媚的形骸割爱！
虚妄的时辰使绿苔底残梦不胜倦怠，
它欲咽的幽欢起伏于夜风底胸怀。

再会罢，水仙……凋谢了罢！暮色正阑珊。
憔悴的丽影因心中的轻喟而兴澜。
蔚蓝里，袅袅的箫声又恻然吹奏
那铃声四彻的羊群回栏的怅惘。
可是，在这孤星掩映的寒流潺潺，
趁着迟迟的夜墓犹未深锁严关，
别让这惊碎荧荧翠玉的冥吻销残！

L'espoir seul peut suffire à rompre ce cristal.

La ride me ravisse au souffle qui m'exile

Et que mon souffle anime une flöte gracile

Dont le joueur léger me serait indulgent !...

Évanouissez-vous, divinité troublée !

Et, toi, verse à la lune, humble flûte isolée,

Une diversité de nos larmes d'argent.

一丝儿的希望惊碎这融晶。
愿涟漪掠取我从那流逐我的西风。
更愿我底呼息吹彻这低沉的箫声，
那轻妙的吹箫人于我是这般爱宠！……

隐潜起来罢，心旌摇摇的女灵！
和你，寂寞的箫呵，请将缤纷的银泪
洒向晕青的皓月脉脉地低垂。

Fragments du Narcisse

I

Cur aliquid vidi?

Que tu brilles enfin, terme pur de ma course !

Ce soir, comme d'un cerf, la fuite vers la source
Ne cesse qu'il ne tombe au milieu des roseaux,
Ma soif me vient abattre au bord même des eaux.
Mais, pour désaltérer cette amour curieuse,
Je ne troublerai pas l'onde mystérieuse :
Nymphes ! si vous m'aimez, il faut toujours dormir !
La moindre âme dans l'air vous fait toutes frémir ;
Même, dans sa faiblesse, aux ombres échappée,
Si la feuille éperdue effleure la napée,
Elle suffit à rompre un univers dormant ...
Votre sommeil importe à mon enchantement,
Il craint jusqu'au frisson d'une plume qui plonge !

水仙底断片

一

Cur aliquid vidi?

余胡为乎见？

你终于闪耀着了么，我旅途底终点！

今夜，像一只麋鹿奔驰向着清泉，
直到他倒在芦苇丛中方才停喘，
狂渴使我匍匐在这盈盈的水边。
然而，我将不淈乱这神秘的澄川，
来消解这玄妙的爱在我心中灼燃：
水的女神呵！你如爱我，须永远安眠！
空中纤毫的魂便足令你浑身抖颤；
甚至一张枯叶逃脱群影底遮掩，
它疑惑地轻掠过这油油的软绢，
也足把这宇宙无边的浓梦惊断……
你底酣睡关系于我神魂底迷恋，
一茎鸿毛底寒颤也使它不胜悸惴！

Gardez-moi longuement ce visage pour songe

Qu'une absence divine est seule à concevoir !

Sommeil des nymphes, ciel, ne cessez de me voir !

Rêvez, rêvez de moi !... Sans vous, belles fontaines,

Ma beauté, ma douleur, me seraient incertaines.

Je chercherais en vain ce que j'ai de plus cher,

Sa tendresse confuse étonnerait ma chair,

Et mes tristes regards, ignorants de mes charmes,

À d'autres que moi-même. adresseraient leurs larmes ...

Vous attendiez, peut-être, un visage sans pleurs,

Vous calmes, vous toujours de feuilles et de fleurs,

Et de l'incorruptible altitude hantées,

Ô Nymphes !... Mais docile aux pentes enchantées

Qui me firent vers vous d'invincibles chemins,

Souffrez ce beau reflet des désordres humains !

Heureux vos corps fondus, Eaux planes et profondes !

Je suis seul !... Si les Dieux, les échos et les ondes

Et si tant de soupirs permettent qu'on le soit !

请为我永远保存这梦里的秀颜，
只有那神圣的隐潜才能将它怀揣！
仙底沉睡呵，天呵，请容我会面无间！

梦罢，梦着我罢……没有你，鲜美的泉呵，
我底丽容，和凄痛，我将无从测算；
我将徒然地寻求我具有的无上亲恋，
它迷惘的抚怜使我底柔肌仓皇色变；
而我矇瞍的眼波，蒙昧于我底姣艳，
只向别人映示它们底浪浪泪渊……

　或者你只期待一副无泪的酡颜，
你贞静的，水的女神呵！四季长春
的花叶荫你以它们婷婷的丽影，
亘古常新的苍穹向你永永照临……
然而沿着这令人心荡神迷的斜径，
我不由自主地任它招引向你前进，
请容纳这人间的凌乱底激滟的反映！

　平而深的水呵，有福是你溶溶的身！
我是孤零的！……倘若神灵，流泉，和回声，
和万千深深的叹息允许我孤零！

Seul !... mais encor celui qui s'approche de soi

Quand il s'approche aux bords que bénit ce feuillage ...

　Des cimes, l'air déjà cesse le pur pillage ;

La voix des sources change, et me parle du soir ;

Un grand calme m'écoute, où j'écoute l'espoir.

J'entends l'herbe des nuits croître dans l'ombre sainte,

Et la lune perfide élève son miroir

Jusque dans les secrets de la fontaine éteinte ...

Jusque dans les secrets que je crains de savoir,

Jusque dans le repli de l'amour de soi-même,

Rien ne peut échapper au silence du soir ...

La nuit vient sur ma chair lui souffler que je l'aime.

Sa voix fraîche à mes vœux tremble de consentir ;

À peine, dans la brise, elle semble mentir,

Tant le frémissement de son temple tacite

Conspire au spacieux silence d'un tel site.

　Ô douceur de survivre à la force du jour,

Quand elle se retire enfin rose d'amour,

Encore un peu brûlante, et lasse, mais comblée,

Et de tant de trésors tendrement accablée

Par de tels souvenirs qu'ils empourprent sa mort,

孤零！……可是还有那走近他自身的人
当他向着这林阴纷披的水滨走近……

　　从顶，空气已停止它清白的侵凌；
泉声忽然转了，它和我絮语黄昏。
无边的静倾听着我，我向希望倾听：
倾听着夜草在圣洁的影里潜生。
宿幻的霁月又高擎她黝古的明镜
照澈那黯淡无光的清泉底幽隐……
照澈我不敢洞悉的难测的幽隐，
以至照澈那自恋的缱绻的病魂，
万有都不能逃遁这黄昏底宁静……
夜轻抚着我底柔肌，为我低达殷情。
怔然，它新怯的歌声应许我底誓信；
它沉默的寺院在幽漠里这般撼震
微风它切切的诳语仿佛如闻。

　　啊，日力消沉后犹流荡着的温柔，
当他归去了，终于给爱灼到红溜，
慵倦，缠绵，而且还暖烘烘地炙手，
此中蕴蓄着无量数的宝藏，回首
有依依的惆怅起伏，压抑他心头；

Et qu'ils la font heureuse agenouiller dans l'or,

Puis s'étendre, se fondre, et perdre sa vendange,

Et s'éteindre en un songe en qui le soir se change.

　Quelle perte en soi-même offre un si calme lieu !

L'âme, jusqu'à périr, s'y penche pour un Dieu

Qu'elle demande à l'onde, onde déserte, et digne

Sur son lustre, du lisse effacement d'un cygne ...

　À cette onde jamais ne burent les troupeaux !

D'autres, ici perdus, trouveraient le repos,

Et dans la sombre terre, un clair tombeau qui s'ouvre ...

Mais ce n'est pas le calme, hélas ! que j'y découvre !

Quand l'opaque délice où dort cette clarté,

Cède à mon corps l'horreur du feuillage écarté,

Alors, vainqueur de l'ombre, ô mon corps tyrannique,

Repoussant aux forêts leur épaisseur panique,

Tu regrettes bientôt leur éternelle nuit !

Pour l'inquiet Narcisse, il n'est ici qu'ennui !

Tout m'appelle et m'enchaîne à la chair lumineuse

Que m'oppose des eaux la paix vertigineuse !

Que je déplore ton éclat fatal et pur,

Si mollement de moi, fontaine environnée,

啊，紫艳的凋亡！他欣然跪在黄金里礼叩，
然后洋溢，消融，散尽他底葡萄美酒，
他奄然熄灭，在黄昏底梦里绸缪。

　　自我底真寂果献呈这么一隅静境！
魂，她危危欲倾，俯着身儿去寻神明，
她问之于流泉，鲜美的泉，空灵，澄净，
天鹅飞去后只剩得悠然一泓清冷……

　　从没有羊群临着这荧荧翠流吸饮！
别的呢，在这里失踪，却得着了安宁，
在这沉沉的地心找着了一座清莹……
但那显示给我的，唉！可并不是恬静！
当这隐约寒光浮漾着茫昧的欢欣
把蓊郁的幽林底颤栗度给我底身，
那时呵，阴影底胜利者，我严酷的身，
你离弃了那暗无天日的浓影，俄顷
你就要痛惜悔恨它们底永夜无垠！
对于彷徨的水仙，这里呵只有悟闷！
一切都牵引我和这晶莹丽肌亲近，
奈何渌波底妍静却使我神晕心惊！

泉呵，你这般柔媚地把我环护，抱持，
我对你不祥的幽辉真有无限怜意！

Où puisèrent mes yeux dans un mortel azur,

Les yeux mêmes et noirs de leur âme étonnée !

Profondeur, profondeur, songes qui me voyez,

Comme ils verraient une autre vie

Dites, ne suis-je pas celui que vous croyez,

Votre corps vous fait-il envie?

Cessez, sombres esprits, cet ouvrage anxieux

　　Qui se fait dans l'âme qui veille ;

Ne cherchez pas en vous, n'allez surprendre aux cieux

　　Le malheur d'être une merveille :

Trouvez dans la fontaine un corps délicieux ...

Prenant à vos regards cette parfaite proie,

Du monstre de s'aimer faites-vous un captif ;

Dans les errants filets de vos longs cils de soie

Son gracieux éclat vous retienne pensif ;

Mais ne vous flattez pas de le changer d'empire.

　　Ce cristal est son vrai séjour ;

　　Les efforts mêmes de l'amour

我底慧眼在这碧琉璃底霭霭深处，
窥见了它自己底惊魂底黑睛凄迷！

深渊呵，梦呵，你这般幽穆地凝望着我，
　　仿佛在凝望着生客一样，
告诉我罢，你意象中底真吾难道非我，
　　你底身可令你艳羡，萦想？

还是停止这苦心焦思的经营罢，幽灵，
　　在这惺惺的柔魂中；
不要向上天探取，也别向你自身搜寻
　　那不祥的意外遭逢：
在潋潋的清泉找着了一副妩媚的身！

请把这自恋的妖魔关囚，
把这完美的俘虏在你底眼波藏收；
在你修眉如丝的幻网里，
他殷勤的柔辉使你不胜沉思，凝眸。

可是你别以为能使他迁都而自豪。
　　这水晶才是他底真宫；
　　甚至爱底抚怜和恩宠

Ne le sauraient de l'onde extraire qu'il n'expire …

PIRE.

　　Pire?

　　　　Quelqu'un redit « Pire »… Ô moqueur !

Écho lointaine est prompte à rendre son oracle !

De son rire enchanté, le roc brise mon cœur,

　　Et le silence, par miracle,

Cesse !... parle, renaît, sur la face des eaux…

Pire?...

　　　　Pire destin !... Vous le dites, roseaux,

Qui reprîtes des vents ma plainte vagabonde !

Antres, qui me rendez mon âme plus profonde,

Vous renflez de votre ombre une voix qui se meurt …

Vous me le murmurez, ramures !... Ô rumeur

Déchirante, et docile aux souffles sans figure,

Votre or léger s'agite , et joue avec l'augure …

Tout se mêle de moi, brutes divinités !

Mes secrets dans les airs sonnent ébruités,

要是想诱导他离开这澹澹的光潮

除非等他恹恹病殆了……

　　　　　　　　"更坏了。"①

　　　　　　　　　更坏了？……

　　　一个声音回答道："更坏了"……啊，锋芒的讥诮！

远方底回声这般迅速地散布它底谶言！

峨峨的磐石碎我底心以迷魂的狂笑！

　　　于是像灵迹一般，寂寥

突然中止！……呓语，重生，在粼粼的波面……

更坏么？……

　　　　　　啊，更坏的命运！……你说的，芦苇，

你从流风中窃取我飘泊的诉语！

无底的洞呵，你使我底灵魂更深沉的，

你底幽影扩大了一个余音底将逝！……

你把它向我低低地轻喟着，繁枝！……

啊，断肠的虿词！顺着无形的呼气，

你底轻金荡漾，摇曳，与冥兆游戏……

不仁的神灵呵，万物都融混着我！

我底玄机在群空中响应而传播，

_____

① "更坏了""病殆了"底回声。——译者原注

Le roc rit ; l'arbre pleure ; et par sa voix charmante,

Je ne puis jusqu'aux cieux que je ne me lamente

D'appartenir sans force d'éternels attraits !

Hélas ! entre les bras qui naissent des forêts,

Une tendre lueur d'heure ambiguë existe ...

Là, d'un reste du jour, se forme un fiancé,

Nu, sur la place pâle où m'attire l'eau triste,

Délicieux démon désirable et glacé !

Te voici, mon doux corps de lune et de rosée,

Ô forme obéissante à mes vœux opposée !

Qu'ils sont beaux, de mes bras les dons vastes et vains !

Mes lentes mains, dans l'or adorable se lassent

D'appeler ce captif que les feuilles enlacent ;

Mon cœur jette aux échos l'éclat des noms divins !...

Mais que ta bouche est belle en ce muet blasphème !

Ô semblable ! Et pourtant plus parfait que moi-même,

Éphémère immortel, si clair devant mes yeux,

Pâles membres de perle, et ces cheveux soyeux,

Faut-il qu'à peine aimés, l'ombre les obscurcisse,

盘石笑；树儿哭；由它底销魂的音调，
昊昊的云霄阻不住我哀哀的凭吊：
只这般无力地任长生的美媚颠倒！
唉！间乎这巨臂交横的森森绿条，
昏黄中有一线腼腆的银辉闪耀……
那里呵，当中这寒流淡淡，密叶萧萧，
浮着一个冷冰冰的精灵，绰约，缥缈，
一个赤裸的情郎在那里依稀轻描！

这原来就是你呵，我底月与露的身，
顺从着我两重心愿的娟娟倩形！
我双臂底渺冥的馈赠是何等匀称！
黄金里我迟缓的手已倦了邀请；
奈何呵这绿阴环抱的囚徒只是不应！
我底心把显赫的圣名掷给回声！……

　只你唇间嘿嘿的轻蔑是多么地娇妍！

我底伴侣呵！……可是，比我底自身还要无玷，
你偶现的神仙呵，这般玲珑在我底眼前，
你珠体儿这般透明，你丝发儿绵绵，
　才相恋，

Et que la nuit déjà nous divise, ô Narcisse,

Et glisse entre nous deux le fer qui coupe un fruit !

Qu'as-tu?

　　　　　　Ma plainte même est funeste?

　　　　　　　　　　Le bruit

Du souffle que j'enseigne à tes lèvres, mon double,

Sur la limpide lame a fait courir un trouble !

Tu trembles !... Mais ces mots que j'iexpire à genoux

Ne sont pourtant qu'une âme hésitante entre nous,

Entre ce front si pur et ma lourde mémoire ...

Je suis si près de toi que je pourrais te boire,

Ô visage !... Ma soif est un esclave nu ...

　　Jusqu'à ce temps charmant je m'étais inconnu,

Et je ne savais pas me chérir et me joindre !

Mais te voir, cher esclave, obéir à la moindre

Des ombres dans mon cœur se fuyant à regret,

Voir sur mon front l'orage et les feux d'un secret,

Voir, ô merveille, voir ! ma bouche nuancée

Trahir... peindre sur l'onde une fleur de pensée,

Et quels événements étinceler dans l'œil !

J'y trouve un tel trésor d'impuissance et d'orgueil,

Que nulle vierge enfant échappée au satyre,

难道就要给黑影遮断我俩底情缘！

为什么，水仙呵，恰像把剖梨的利剑，

漆黑的夜已截然插进我俩底中间？

怎么了？

　　　　我底哀诉难道也招惹冥恝？……

我身外之身呵，我吹给你晶唇的低怨

怎掀起了一层波澜在这湛湛的水面！……

你颤栗么！……可是我跪着轻嘘的怨言

不过是一颗灵魂在我俩间踌躇，眷恋，

介乎你轻清的额和我沉重的记忆万千……

　　　秀颜呵，我和你这般接近，

　　　我恨不得掬着你来狂饮……

那赤裸裸的囚徒呵，便是我底燥渴炎炎……

　　直至驰荡的今天，我还错过了我，

从不知把自己小心偎宠和抚怜！

可是看见你，心底囚徒呵，无语，悄然

与我心中万千惆怅的纤影相应和，

看见我额上荡漾着那玄秘的风火，

看，啊奇观，看！我微晕的丹唇在波面

依稀地泄漏……偷唾一枝相思底花朵，

和无数绚烂的奇景闪烁在我眼前！

我发现一个这么无能而倨傲的异珍呵，

Nulle ! aux fuites habiles, aux chutes sans émoi,

Nulle des nymphes, nulle amie, ne m'attire

Comme tu fais sur l'onde, inépuisable Moi !...

无论严静的童贞，无论蹁跹的女神，

无论！任她微步凌波，任她临风飘堕，

无论她什么精灵都不能把我吸引

像你在这溶溶的清波，源源不竭的我呵！……

II

Fontaine, ma fontaine, eau froidement présente,

Douce aux purs animaux, aux humains complaisante

Qui d'eux-mêmes tentés suivent au fond la mort,

Tout est songe pour toi, Sœur tranquille du Sort !

À peine en souvenir change-t-il un présage,

Que pareille sans cesse à son fuyant visage,

Sitôt de ton sommeil les cieux te sont ravis !

Mais si pure tu sois des êtres que tu vis,

Onde, sur qui les ans passent comme les nues,

Que de choses pourtant doivent t'être connues,

Astres, roses, saisons, les corps et leurs amours !

Claire, mais si profonde, une nymphe toujours

Effleurée, et vivant de tout ce qui l'approche,

Nourrit quelque sagesse à l'abri de sa roche,

À l'ombre de ce jour qu'elle peint sous les bois.

Elle sait à jamais les choses d'une fois ...

Ô présence pensive, eau calme qui recueilles

Tout un sombre trésor de fables et de feuilles,

L'oiseau mort, le fruit mûr, lentement descendus,

二

芳泉，我底泉，冷清清平流着的水，
于人类这般温存，于兽群这般慈惠，
他们受了自身底诱惑，追随死亡到底！
万有于你都是梦罢了，你命运底淑妹！
那未来的征兆才依稀成了过去，
（飘忽无常与它的迷幻色相无异），
你沉睡的群空于是便寂然纷碎。
然而，任你如何不留踪影，了无尘虑，
泉呵，年华流过你波面如片片云絮，
你可参透了多少事物底明灭兴衰：
那星辰，节序，身躯，恋爱，绿卉与蔷薇！
清，然而这般深呵，一个贞静的女神
永远微震，吸取一切走近她的众生，
孕育着妙慧的灵根在霭霭的石荫，
在那修林下她轻描着的沉沉绿阴。
她澈悟了一切偶现的浮生底幽隐……
啊，真寂的境界，溶溶的渌水，你收采
一个芳菲而珍异的阴冥的宝财，
死的飞禽，累累的果，慢慢地坠下来，

Et les rares lueurs des clairs anneaux perdus.

Tu consommes en toi leur perte solennelle ;

Mais, sur la pureté de ta face éternelle,

L'amour passe et périt ...

　　　　　　Quand le feuillage épars

Tremble, commence à fuir, pleure de toutes parts,

Tu vois du sombre amour s'y mêler la tourmente,

L'amant brûlant et dur ceindre la blanche amante,

Vaincre l'âme ... Et tu sais selon quelle douceur

Sa main puissante passe à travers l'épaisseur

Des tresses que répand la nuque précieuse,

S'y repose, et se sent forte et mystérieuse ;

Elle parle à l'épaule et règne sur la chair.

　　Alors les yeux fermés à l'éternel éther

Ne voient plus que le sang qui dore leurs paupières;

Sa pourpre redoutable obscurcit les lumières

D'un couple aux pieds confus qui se mêle, et se ment.

Ils gémissent ...La Terre appelle doucement

Ces grands corps chancelants, qui luttent bouche à bouche,

Et qui, du vierge sable osant battre la couche,

Composeront d'amour un monstre qui se meurt ...

Leurs souffles ne font plus qu'une heureuse rumeur,

和那散逸的晶环隐映着的幽霭，

你把它们无贵无贱地在腹中沉埋。

然而，从你底寒光耿耿的波心，情爱

脉脉流过而销毁……

　　　　　当那密叶芊芊

开始遁逃，纷纷地四散，啜泣，而凄颤，

你眼见那森冷的爱与痛苦相混缠，

那火热的情郎与缟素的少女相依恋，

战胜了灵魂……你也深知怎样地温婉，

他奇劲的手穿过那暖暖的青鬓

在那珍贵而柔媚的颈背飞飘，零乱：

它漫自低回，自觉有无限矫健与幽玄；

它微逗玉肩，抚细肌不胜温情缱绻。

　于是，他们双目严闭，与苍苍大气绝缘，

只看见那流荡在他们眼帘的热血红鲜；

它骇人的胭脂黯淡了一对相觑相恋，

那相偎相扶，暗誓偷盟的俪影娟娟。

他们颤栗呻吟……大地柔声呼召，频频

低唤一双口与口搏战的昂藏的身。

他们岸岸然把贞洁的明沙作衾枕，

将由爱情诞生一个夭亡的怪精灵……

他们底气息融成一片愉乐的飞声，

L'âme croit respirer l'âme toute prochaine,

Mais tu sais mieux que moi, vénérable fontaine,

Quels fruits forment toujours ces moments enchantés !

Car, à peine les cœurs calmes et contentés

D'une ardente alliance expirée en délices,

Des amants détachés tu mires les malices,

Tu vois poindre des jours de mensonges tissus,

Et naître mille maux trop tendrement conçus !

   Bientôt, mon onde sage, infidèle et la même,

Le Temps mène ces fous qui crurent que l'on aime

Redire à tes roseaux de plus profonds soupirs !

Vers toi, leurs tristes pas suivent leurs souvenirs ...

Sur tes bords, accablés d'ombres et de faiblesse,

Tout éblouis d'un ciel dont la beauté les blesse

Tant il garde l'éclat de leurs jours les plus beaux,

Ils vont des biens perdus trouver tous les tombeaux ...

« Cette place dans l'ombre était tranquille et nôtre! »

« L'autre aimait ce cyprès, se dit le cœur de l'autre,

« Et d'ici, nous goôtions le souffle de la mer ! »

Hélas ! la rose même est amère dans l'air ...

Moins amers les parfums des suprêmes fumées

Qu'abandonnent au vent les feuilles consumées !...

灵魂幻想她在呼吸着怀里的灵魂。
但你知的比我多了，赫赫的灵泉呵，
结的是什么果在这迷魂的刹那顷！

　因为，陶醉的心还在梦里流连，依依，
悠悠的佳期已在欢乐中偷偷流去。
你映住那分手的恋人底离情别意，
目睹那虚妄织就的晨光迟迟升起，
和万千的罪恶在旖旎中暗长潜滋！

　未几，你宿幻，却终古如斯的流泉呵，
时光将把这妄想相爱的愚妇愚夫
带回来向你底森森芦苇长嘘低诉，
他们凄迟的脚步循着忆念底旧途……

　看见了你那两岸底嘉木葱茏如故。
这皎丽的晴空徒使他们神伤心苦，
因为，他们底美景良辰已永成迟暮；
只怅然遍寻那埋没他们恩情的香土……
"这静谧的浓阴可不是我俩底坐处！"
"他多爱这柏树呵，"又一个凄然自语，
"从这里，我俩曾一起呼吸海的凉飔！"
唉！空中蔷薇底气息竟也苦涩如此……
比较温馨的，难道只有枯叶底香气
在飒飒的晚风中袅袅地凄动，迷离！……

Ils respirent ce vent, marchent sans le savoir,

Foulent aux pieds le temps d'un jour de désespoir ...

Ô marche lente, prompte, et pareille aux pensées

Qui parlent tour à tour aux têtes insensées !

La caresse et le meurtre hésitent dans leurs mains,

Leur cœur, qui croit se rompre au détour des chemins,

Lutte, et retient à soi son espérance étreinte.

Mais leurs esprits perdus courent ce labyrinthe

Où s'égare celui qui maudit le soleil !

Leur folle solitude, à l'égal du sommeil,

Peuple et trompe l'absence; et leur secrète oreille

Partout place une voix qui n'a point de pareille.

Rien ne peut dissiper leurs songes absolus ;

Le soleil ne peut rien contre ce qui n'est plus !

Mais s'ils traînent dans l'or leurs yeux secs et funèbres,

Ils se sentent des pleurs défendre leurs ténèbres

Plus chères à jamais que tous les feux du jour !

Et dans ce corps caché tout marqué de l'amour

Que porte amèrement l'âme qui fut heureuse,

Brûle un secret baiser qui la rend furieuse ...

Mais moi, Narcisse aimé, je ne suis curieux

他们踽踽地向前行，飘飘然如御风，
践踏着胸怀里的无限失望与悲痛……
啊，惘惘的行步时而从容，时而匆匆，
应和着心里如焚的思潮起伏汹涌！
抚慰呢行凶：他们底手皇皇无所从。
他们底心，自以为将在转弯处销融，
挣扎，牢牢地固守希望底幻影憧憧。
他们颓丧的精神彷徨蹩躞于迷宫，
咒诅太阳为狂夫在那里散发飘蓬！
他们凄苦的寂寞，无异沉睡底朦胧，
把空虚占据，骗哄；他们底玄耳玲珑
无往而不听见莺声娇啭，清愈银钟。
万有都不能惊残他们永夜的迷梦；
太阳安能播弄那迢迢远逝的欢容！
可是，他们底枯眸倘向黄金里凝眺，
澄碧里他们将自觉有滔滔的泪潮
掩护那比春阳还可爱的幽黯寂寥。
而这爱痕遍身的忧心悄悄，
深藏着一个不堪回首的断魂哀叫，
一个使他愤怒的吻印在那里焚烧……

但是我，宠爱的水仙，能使我沉思凝想

Que de ma seule essence ;

Tout autre n'a pour moi qu'un cœur mystérieux,

Tout autre n'est qu'absence.

Ô mon bien souverain, cher corps, je n'ai que toi !

Le plus beau des mortels ne peut chérir que soi ...

Douce et dorée, est-il une idole plus sainte,

De toute une forêt qui se consume, ceinte,

Et sise dans l'azur vivant par tant d'oiseaux?

Est-il don plus divin de la faveur des eaux,

Et d'un jour qui se meurt plus adorable usage

Que de rendre à mes yeux l'honneur de mon visage?

Naisse donc entre nous que la lumière unit

De grâce et de silence un échange infini !

Je vous salue, enfant de mon âme et de l'onde,

Cher trésor d'un miroir qui partage le monde !

Ma tendresse y vient boire, et s'enivre de voir

Un désir sur soi-même essayer son pouvoir !

Ô qu'à tous mes souhaits, que vous êtes semblable !

Mais la fragilité vous fait inviolable,

Vous n'êtes que lumière, adorable moitié

D'une amour trop pareille à la faible amitié !

只有我自己底真如；

万象于我都是不可解的幻灭的色相，

万象于我都是空虚。

我无上的至宝呵，亲爱的身，我只有你！

人间最美丽的丈夫只能钟爱他自己！……

绰约而辉煌，可有更庄严的圣像

在这雍穆而蓊郁的幽林底中央，

嘤嘤和鸣的鸟儿上下飞跃回翔？

渌波底恩惠可有更虔洁的珍贶？

欲度过这奄奄将逝的晻暖昏黄

可有更妙于静观我自身底宝相？

愿由这结合我俩的澄净的灵光

构成一叶飞渡我俩心灵的金航！

我礼叩你，灵魂与芳泉的产儿呵，

我底平分宇宙的明镜里底宝藏！

我底温情来这里吸饮，形神两忘，

端详着一个欲降服自己的尘想！

啊，任我如何祝祷，你只是默默点头！

只你底荏弱和柔脆使你不容轻抖，

你原是素光凝就，冷冰冰的精灵呵，

爱底化身在碧琉璃底清冷处神游！

Hélas ! la nymphe même a séparé nos charmes !

Puis-je espérer de toi que de vaines alarmes?

Qu'ils sont doux les périls que nous pourrions choisir !

Se surprendre soi-même et soi-même saisir,

Nos mains s'entremêler, nos maux s'entre-détruire,

Nos silences longtemps de leurs songes s'instruire,

La même nuit en pleurs confondre nos yeux clos,

Et nos bras refermés sur les mêmes sanglots

Ôtreindre un même cœur, d'amour prêt à se fondre ...

Quitte enfin le silence, ose enfin me répondre,

Bel et cruel Narcisse, inaccessible enfant,

Tout orné de mes biens que la nymphe défend ...

唉！甚至女神也要离间我俩底绸缪！
我所望于你的，可只有徒然的招手？
我们意料中的惊险是何等地温柔！
你要把我羁留呵，我要把你来厮守，
我们底手儿相牵，我们底罪相抵受，
我们底沉默互诉它们梦里底休咎，
同样的夜把我们底濛濛泪眼禁囚，
我们底臂，关锁住我们底呜咽无由，
把一个在爱里融去的心轻偎密搂……

冲破这沉沉的静，欣然地回答我罢，
美而冷酷的水仙呵，我缥缈的儿童，
满缀着波光护持的我底绵绵美梦……

III

... Ce corps si pur, sait-il qu'il me puisse séduire?

De quelle profondeur songes-tu de m'instruire,

Habitant de l'abîme, hôte si précieux

D'un ciel sombre ici-bas précipité des cieux?

Ô le frais ornement de ma triste tendance

Qu'un sourire si proche, et plein de confidence,

Et qui prête à ma lèvre une ombre de danger

Jusqu'à me faire craindre un désir étranger !

Quel souffle vient à l'onde offrir ta froide rose !...

«*J'aime ... J'aime !...*» Et qui donc peut aimer autre chose

Que soi-même?...

                    Toi seul, ô mon corps, mon cher corps,

Je t'aime, unique objet qui me défends des morts.

....

Formons, toi sur ma lèvre, et moi, dans mon silence,

Une prière aux dieux qu'émus de tant d'amour

Sur sa pente de pourpre ils arrêtent le jour !...

Faites, Maîtres heureux, Pères des justes fraudes,

三

……这清静的身，它可知能将我勾引？

你要从什么深处向我启示迪训，

深渊里的幻客呵，你奇诡的幽人

从蔚蓝的群空下临这冥天沉沉？

啊，点缀着我底凄意的鲜美的异珍：

这亲昵的微笑，含着无限的密机；

把危惧底暗影度给我底晶唇，

使我甚至凛然于一个缘外的客思！

何处微风把你底寒玫给清波吹送？……

"我爱呵……我爱呵！……"可是谁能真心爱宠

自己以外的人？……

只有你，亲爱的身呵，

我爱你，使我离隔死者的唯一珍品！

……………………

让我们，你在我唇上，我呢，肃静无声

用至诚来感动那驱策四运的羲和，

求他将白日停止在那紫艳的斜坡！……

求你，慈慧的主呵，群妄的大父亲，

Dites qu'une lueur de rose ou d'émeraudes

Que des songes du soir votre sceptre reprit,

Pure, et toute pareille au plus pur de l'esprit,

Attende, au sein des cieux, que tu vives et veuilles,

Près de moi, mon amour, choisir un lit de feuilles,

Sortir tremblant du flanc de la nymphe au cœur froid,

Et sans quitter mes yeux, sans cesser d'être moi,

Tendre ta forme fraîche, et cette claire écorce ...

Oh ! te saisir enfin !... Prendre ce calme torse

Plus pur que d'une femme et non formé de fruits ...

Mais, d'une pierre simple est le temple où je suis,

Où je vis ... Car je vis sur tes lèvres avares !...

　　Ô mon corps, mon cher corps, temple qui me sépares

De ma divinité, je voudrais apaiser

Votre bouche ... Et bientôt, je briserais, baiser,

Ce peu qui nous défend de l'extrême existence,

Cette tremblante, frêle, et pieuse distance

Entre moi-même et l'onde, et mon âme, et les dieux !

　　Adieu ... Sens-tu frémir mille flottants adieux?

Bientôt va frissonner le désordre des ombres!

L'arbre aveugle vers l'arbre étend ses membres sombres,

Et cherche affreusement l'arbre qui disparaît ...

求你挥使一片蔷薇或绀青的余辉，

你底银笋把它从黄昏底梦里取回，

柔静，纯洁，与最纯洁的心灵无异，

挥使它在众天底怀中徘徊，延伫——

使你，吾爱呵，不住地把我依依谛视，

战兢地从那冰冷的女神胁下脱离，

在我身边选一张落叶铺就的芳笫，

展开你鲜美的形骸和晶莹的丽肌……

啊，终于要捉住你了！……攫取这比女人

还要清妍的身，却不是由俗果形成……

可是我寓形的圣寺只是一撮凡尘……

因为我在你愿望无穷的唇上寄身！……

我底身呵，你隔开我和真如的圣寺，

不久，我要消解你唇间燥渴的焦思……

冲破这牵阻我们超度至生的藩篱：

这柔脆，圣洁，颤动的我俩间的距离，

间乎我与清泉，与灵魂，与万千神祇！……

再会罢……你可感到无数"再会"浮动凄颤？

不久，森森的乱影将寒栗作一团！

昏朦的树把它阴冷的柔枝伸展，

惶惑，摸索那已经隐灭的枝叶绵芊……

灵魂也一样地迷失在自己底林间，

Mon âme ainsi se perd dans sa propre forêt,

Où la puissance échappe à ses formes suprêmes ...

L'âme, l'âme aux yeux noirs, touche aux ténèbres mêmes,

Elle se fait immense et ne rencontre rien ...

Entre la mort et soi, quel regard est le sien !

Dieux ! de l'auguste jour, le pâle et tendre reste

Va des jours consumés joindre le sort funeste ;

Il s'abîme aux enfers du profond souvenir !

Hélas ! corps misérable, il est temps de s'unir ...

Penche-toi ... Baise-toi. Tremble de tout ton être !

L'insaisissable amour que tu me vins promettre

Passe, et dans un frisson, brise Narcisse, et fuit ...

在那里权力逃脱她最高的表现……
魂，黑睛的魂，与无底的黑暗为缘，
她渐渐地扩大，无障无碍，无穷无边……
介乎死和自身，她底凝视何等幽远！

神呵！这庄严的日子底苍茫的残照
将遭同样的劫运，与往日之影俱遥；
它一步一步地坠入记忆底深牢！
唉！可怜的身呵，是我们合体时候了！……
俯着罢……吻着罢。全身都抖颤起来罢！
你应许我的不可捉摸的爱情，沓沓
流过，在一颗栗间，冲碎了水仙，而遁逃……

里尔克

里尔克（Rilke，Rainer Maria；1875—1926），生于捷克布拉格的德语诗人。小时候被母亲打扮成女孩抚养，后来就读布拉格、慕尼黑及柏林的大学。里尔克的早期诗作《梦幻》和《基督降临节》预示其后将专注于上帝和死亡问题。一八九九年和一九〇〇年赴俄旅行，相当热爱该地风土人情。一九〇五年到一九〇六年间，里尔克担任名雕塑家罗丹的秘书。从罗丹那里，里尔克学习到以艺术品的完整性认识作品，此后里尔克的诗歌领域更为广阔、风格更为灵活。一九〇七年完成有关罗丹的作品《罗丹论》。

里尔克在第一次世界大战期间被迫颠沛流离，最后定居瑞士，在一九二六年因被玫瑰刺伤感染败血症死亡。代表作是一九〇七年发表的《新诗集》。

（沉樱）

Ernste Stunde

Wer jetzt weint irgendwo in der Welt,
　　ohne Grund weint in der Welt,
　　weint über mich.

Wer jetzt lacht irgendwo in der Nacht,
　　ohne Grund lacht in der Nacht,
　　lacht mich aus.

Wer jetzt geht irgendwo in der Welt,
　　ohne Grund geht in der Welt,
　　geht zu mir.

Wer jetzt stirbt irgendwo in der Welt,
　　ohne Grund stirbt in der Welt:
　　sieht mich an.

严重的时刻

谁此刻在世界上某处哭，
无端端在世界上哭，
在哭着我。

谁此刻在世界上某处笑，
无端端在世界上笑，
在笑着我。

谁此刻在世界上某处走，
无端端在世界上走，
向我走来。

谁此刻在世界上某处死，
无端端在世界上死，
眼望着我。

In diesem Dorfe steht das letzte Haus

In diesem Dorfe steht das letzte Haus
so einsam wie das letzte Haus der Welt.

Die Straße, die das kleine Dorf nicht hält,
geht langsam weiter in die Nacht hinaus.

Das kleine Dorf ist nur ein Übergang
zwischen zwei Weiten, ahnungsvoll und bang,
ein Weg an Häusern hin statt eines Stegs.

Und die das Dorf verlassen, wandern lang,
und viele sterben vielleicht unterwegs.

这村里

这村里站着最后一座房子
荒凉得像世界底最后一家。

这条路，这小村庄容纳不下，
慢慢地没入那无尽的夜里。

小村庄不过是两片荒漠间
一个十字路口，冷落而悸惴，
一条傍着屋宇前去的通衢。

那些离开它的，飘流得远远，
说不定许多就在路上死去。

军旗手底爱与死之歌

骑着，骑着，骑着，在日里，在夜里，在日里。

骑着，骑着，骑着。

勇气已变得这么消沉，愿望又这么大。再没有山了，几乎一棵树都没有。什么都不敢站起来。许多燥渴的陌生茅舍在污浊的泉边伛偻着。举目不见一座楼阁。永远是一样的景色。我们底眼睛是多余的了。只在夜间有时仿佛认出路来。或许我们每夜重走我们在异域的太阳下艰苦跋涉的一段路罢？那是可能的。太阳是沉重的，像我们家乡底盛夏一样。但我们已经在夏天辞别了。女人们底衣裙在绿野上已经闪耀了许多时。我们又骑了这许多日子。那么总该是秋天了罢。至少在那边，那里许多愁苦的女人认识我们的。

那来自朗格脑的在鞍上坐稳了说："侯爵先生……"

他底邻人，那精微的小法国人，最初说了又笑了三天。现在他什么都不知道了。他像一个想睡的小孩一样。尘土铺满了他雪白的衣领；他并没有注意到。他在那丝绒的鞍上渐渐地萎谢了。

但那来自朗格脑的微笑说："你眼睛很奇特，侯爵先生。

你一定像你母亲……"

于是那小法国人又畅茂起来，弹去领上的尘土，仿佛簇新一样。

有人谈起他底母亲。大概是个德国人罢。他高声慢慢地选择他底字句。像一个扎花的少女凝思着试了一朵又一朵，却不知道整个儿成什么样子：——他这样配合着他底字句。为快乐呢？为悲哀呢？大家都倾听着。连吐痰也停止了。因为那是些懂得礼法的贵胄们。就是那人丛中不懂德文的，也豁然晓悟了。感觉着一些零碎的字句："晚上……我年纪还很小……"

于是他们都互相走拢来了，这些从法国和布公纳，从荷兰和比利时，从卡林特底山谷，从布希米底市镇和里沃坡皇帝那里来的贵胄们。因为一人所叙述的，大家都感觉到，并且简直一样。仿佛只有一个母亲似的……

这样，大家骑着又走进了黄昏，一个任何的黄昏。大家又沉默起来了，但大家已经有那光明的字句在一起了。于是那公爵脱下他底头盔。他那黑暗的头发是柔软的，很女性地披在他颈背上。现在，那来自朗格脑的也分辨出来了：一些什么远远地站在光辉里，一些瘦长，阴暗的什么。一支独立的圆柱，半倒了。后来，他们走过了许久之后，他忽然想起那是一座圣母像。

　　燎火。大家坐在周围等着。等着一个人唱歌。但大家都这样累了。红色的光是沉重的。它歇息在铺满尘土的靴上。它爬到膝上，望进那交叠的手里去。面庞通是黑漆漆的。可是那小法国人底眼睛一霎时却闪着异光。他吻了一朵玫瑰花；现在，让它继续在胸前谢去罢！那来自朗格脑的看见他，因为他睡不着。他沉思着：我没有玫瑰花，没有玫瑰花。

　　于是他唱起来了。那是一支凄凉的古歌，他家乡的少女们，在秋天，当收割快完的时候唱的。

　　那矮小的侯爵说："你很年青罢，先生？"

　　那来自朗格脑的，半忧郁，半倔强地说："十八岁。"——然后他们便沉默了。

　　半晌，那法国人说："你在那边也有未婚妻吗，公子先生？"

　　"你呢？"那来自朗格脑的反问。

　　"她有你一样的金发。"

　　他们又沉默了，直到那德国人喊道："但是什么鬼使你们坐在鞍上，驰骋于这瘴疠的蛮土去追逐这些土耳其狗呢？"

那侯爵微笑道："为了回来。"

那来自朗格脑的忧郁起来了。他想起一个和他游戏的金发女郎。粗野的游戏。于是他想回家去，只要一刻，只要他有时候对她说："玛德莲娜，——宽恕我以往常常是这样罢！"

"怎么——常常是这样？"那年青的贵胄想。——于是他们去远了。

有一次，早上，来了一个骑兵，然后两个，四个，十个。全是铁的。魁伟的。然后一千个：全军队。

得要分手了。

"吉利的凯旋，侯爵先生。"

"愿圣母保佑你，公子先生。"

他们依依不舍。他们忽然变成朋友，变成兄弟了。他们互相需要去进一层互诉衷曲：因为他们相知已这么深了。他们踟蹰着。周围正忙作一团，马儿杂沓着。于是那侯爵脱下他那大的右手套。从那里取出玫瑰花，撕下一瓣来。像人家撕破一个圣饼一样。

"这将保佑你。再会罢。"——那来自朗格脑的愕然。他定睛望着那法国人许久。然后把那陌生的花瓣溜进衬衣里去。它在他的心涛上浮沉着。号角声。他驰向军队去了，那年少公子。他苦笑：一个陌生的女人保佑着他。

一天，在辎重队中，咒骂声，欢笑声，五光十色，——大地全给弄得晕眩了。许多彩衣的童子跑来，争论和叫喊。许多少女跑来，飘荡的散发上戴着紫色的帽。呼唤。许多仆从跑来，铁黑得像彷徨着的黑夜一样。那么热烈地抓住那些少女们，她们底衣裙被撕破了。把她们逼近大鼓边。在那些渴望的手底粗野的抵抗下，鼓儿全醒来了，仿佛在梦中它们怒吼着，怒吼着……晚上，他们献给他许多灯笼，奇异的灯笼：酒在许多铁头巾里闪耀着。酒吗？还是血呢？——谁分辨得出来。

终于在士波克面前了。那伯爵矗立在他底白马旁边。他底长发闪着铁光。

那来自朗格脑的用不着问人。他一眼认出那将军，从骏马跳下来，在如云的尘土中鞠躬。他带来了一封把他介绍给伯爵的信。但伯爵下令说："给我读这张破纸罢。"他底嘴唇并没有动弹。这用不到它们；它们恰好是为咒骂而设的。至于其余的，他底右手可以说话。够了。你可以从他右手看出来。那年青的公子早读完了。他不再知站在什么地方。他只看见士波克。连天空都隐灭了。于是士波克，那大将军说：

"旗手。"

这已经很多了。

大队驻扎在拉亚伯以外。那来自朗格脑的独自往赴。平原。黄昏。铁蹄在烟尘滚滚中闪耀。然后月亮升起来了。他从手上可以看出来。

他梦着。

但有些东西向他叫喊。

尽管喊，尽管喊，

把他底梦撕破了。

并不是一个猫头鹰。大慈大悲：

一棵孤零零的树

向他喊着：

"人呀！"

他定睛看：那东西竖起来。一个躯体

靠着树干竖起来，一个少妇

血淋淋，赤裸裸的，

扑向他："救我罢！"

于是他跳下那黑漆漆的绿野

斩断了那如焚的绳索；

他看见她底眼睛燃烧着，

她底牙龈紧咬着。

她笑吗？

他打了个寒噤。

他已经骑在马上

在黑夜里疾驰了。手里握着鲜血淋漓的绳子。

那来自朗格脑的聚精会神写一封信。他慢慢地铸就了一些严肃端正的大字：

"我底好妈妈，

骄傲罢：我打大旗呢！

放心罢：我打大旗呢！

好好地爱我：我打大旗呢！"

然后他把信塞进衬衣最秘密处，和玫瑰瓣一起。并想：它不久便被薰香了。又想：或许有一天有人发见它罢……又想……；因为敌人近了。

他们底马踏过一个被残杀的农夫。他底眼大大地张开，里面反映着一些什么；没有天空。一会儿，群狗狂吠着。于是终于到了一条村庄了。一座石堡矗立在许多茅舍上。一条宽大的桥伸向他们。门大开着。喇叭高唱着欢迎。听呀：人声，钹铮声，犬吠声！院里，马嘶声，马蹄杂沓声，和呼叫。

休息。做一次宾客罢。别老把可怜的食物献给自己的欲望。别老以敌人身份抓住一切；任一切自然来临和知道一次罢：一切来临的都是好的。让勇气一度松懈和在丝织的桌布边叠起来罢。别老作军人。一度把革带解开，领子打开，坐在丝绸的椅上罢，而且直到指尖都是这样：洗了一个澡。而且先要再认识女人是什么。和那些雪白的怎样做，和那些蔚蓝的是怎样；她们底手发出怎样的芳香，和她们底歌怎样唱，当那些金发的童子捧来了许多满承着圆融的果实的美丽杯子时。

晚餐开始了。不知怎的竟变成了盛宴。熊熊的火焰闪耀着，声音颤动着，从杯与光里流泻出一片模糊的歌声，而终于从些慢慢成熟的节奏溅射出跳舞来。大家都被卷进去了。那简直是一阵浪底汹涌在客厅里；大家互相邂逅又互相挑选，分手又再见，晕眩着光辉，又摇曳在那些热烘烘的女人衣裙中的阵阵薰风里。

从阴暗的酒和万千朵玫瑰花里，时辰在夜梦中喧响地消逝了。

其中一个站在这辉煌里，惊讶着。他生来是那么样，竟不知道会不会醒来。因为只在梦中人们才看见这样的奢华和这样的美女底盛宴；她们最轻微的举动也是落在锦缎里的一个摺纹。她们用如银的话语来织就时辰，而且有时这样举起

她们底手——，你简直以为他们在你所不能到的地方采撷些
你看不见的玫瑰花。于是你便做梦了；你要饰着她们底妩媚
和戴上另一种幸福，并且为你底空虚的前额夺取一个花环。

其中一个，穿着白绸衫的，知道他不能醒来；因为他是
醒着的，却给现实弄昏迷了。于是他惴惴地逃到梦里去，站
在园里，孤零零地站在黑漆漆的园里。于是盛宴远了。光又
说诳。夜围绕着他，怪清凉的。他问一个俯向他的女人说：

"你是夜吗？"

她微笑。

于是他为他底白袍羞了。

他想要在远方，独自儿，并且武装着。

全副武装着。

"你忘了你今天是我底仆从吗？你想抛弃我吗？你逃往
那里去？你底白袍赐给我你底权……"

………………

"你惋惜你底粗服吗？"

………………

"你打寒噤？……你思家吗？"

公爵夫人微笑了。

　　不。但这只因为他底童年从肩上卸下来了，他那温软深暗的袍。谁把它拿掉呢？"你？"他用一种他从未听见过的声音问。"你！"

　　现在他身上什么都没有了。他赤裸裸得和一位圣者一样。清而且癯。

　　堡垒渐渐熄灭了。大家都觉得怪沉重的：为了疲倦，为了爱，为了醉。经过了许多战场上空虚的长夜：床。橡木的大床。在这里祈祷完全异于在那些凄凉的战壕上，那，当你快要睡的时候，变成了一座坟墓的。

　　"上帝，随你底意罢！"

　　床上的祷词是比较简短的。

　　但比较热诚。

　　阁上的房子是黑暗的。

　　但他们用微笑互相映照他们底脸。他们瞎子似的在他们面前摸索，把另一个找着了当作门。几乎像两个在夜里畏怯的孩子，他们互相紧抱着。可是他们并不害怕。没有什么忤逆他们：没有昨天，没有明天；因为时间已经崩溃了。他们在它底废墟外开花。

　　他不问："你丈夫呢？"

　　她不问："你底名字？"

　　因为他们互相找着，为的是要变成大家底新血。

他们互相赐给千百个新名字，又互相收回去，轻轻地，像收回一只耳环一样。

在廊下一张椅子上，挂着那来自朗格脑的底衬衣，肩带，和外套。他底手套在地板上。他底大旗靠着窗户僵立着。它是黑色而且薄薄的。外面狂风疾驰过天空，把夜撕成了片片，黑的白的。月光像一道长的闪电，静止的旗投下些不安的影子：它梦着。

一扇窗是开着的吗？狂风到了屋里来吗？谁把门摇动？谁跑过各厅房？——算了罢。任凭谁也找不着阁上的房。仿佛在一百扇门后面是这两人共有的大酣睡；共有到像同母或同死一样。

是早晨吗？什么太阳升起来了呢？这太阳多大！是鸟雀吗？到处都是它们底声音。

一切都是清明的，但并非白昼。

一切都在喧噪，但并非鸟声。

那是些梁在闪光。那是些窗户在叫。它们叫着，赤红的，直达那站在炎炎的田野间的敌人队里，它们叫着：火！

于是破碎的睡眠在他们底脸上，大家都仓仓皇皇的，半跌半裸体，从一房挤到一房，从避难所挤到避难所，并摸索着楼梯。

喇叭底窒塞的气息在院里嗫嚅着：归队！归队！

和颤动的鼓声。

但大旗并不在。

呼唤：旗手！

咆哮的马，祷告，呼叫，

咒骂：旗手！

铁对铁，命令和铃响；

静：旗手！

再一次：旗手！

于是溅着白沫的马冲出去。

…………

但大旗并不在。

他和那些熊熊的走廊赛跑，经过许多热烘烘地围攻着他的门，经过那焚烧他的楼梯，他在愤怒中逃出屋外去。他臂上托起那大旗像一个晕去的白皙的女人一样。他找着一匹马，那简直是一声叫喊：经过了一切并追过了一切，甚至他自己的人。看，那大旗也醒起来了，它从不曾闪出这样的威风；现在，所有的人都看见它了，远远地在前头；认出了那清明而且无头盔的人，也认出了大旗……

但看呀，它开始闪耀了，突然冲上前去，而扩大，而变成紫色了！

…………

看呀，他们底旗在敌人中燃起来了，他们望着它追上去。

那来自朗格脑的站在敌人底重围中，孤零零的。恐怖在他周围划下了一个空虚的圈儿，他在中间，在他那慢慢烧完的旗底下兀立着。

慢慢地，几乎沉思地，他眺望他底四周。有许多奇怪的，五光十色的东西在他面前。"花园"——他想着并且微笑了。但他这时候感到无数的眼睛钉着他，并且认识他们，知道他们是些异教徒底狗——于是他策马冲进他们中间去。

但是因为他背后一切又陡然闭起来了，所以那究竟还是些花园，而那向着他挥舞的十六把剑，寒光凛凛的，简直是盛宴。

一个欢笑的瀑流。

衬衣在堡中烧掉了，那封信和一个陌生妇人底玫瑰花瓣。——

翌年春天（它来得又凄又冷的），一个骑着马的信差从比罗瓦纳男爵那里慢慢地入朗格脑城。他看见一个老姬在那里哭着。

太戈尔

太戈尔（Tagore，Rabindranath；1861—1941），印度诗人、哲学家、社会改革家、戏剧家。一九一三年获诺贝尔文学奖。太戈尔出身加尔各答书香世家，家族声望颇高，属于婆罗门阶级。父亲戴本德拉纳（Debendranath）是梵社（Branhmo Samali）宗教改革运动发起人之一。家中兄弟姊妹成就斐然，包括第一位跻身行政管理机关的印度人，兄长沙提恩德拉那特（Satyendranath）；还有孟加拉第一位女作家斯瓦那库玛丽戴维（Svanakumari Devi）。太戈尔向往自由民族主义，一九三一年荣获英国授予爵位，但因抗议英国的残暴殖民统治，在六年后放弃爵位。他的著名诗集《吉檀迦利》由叶芝作序，出版于一九一二年。一九一三年得到诺贝尔奖后，经常到中国、日本、欧洲和美国讲学。一九四一年逝于加尔各答。

（沉樱）

No title

I was walking along a path overgrown with grass, when suddenly I heard from some one behind, "See if you know me?"

I turned round and looked at her and said, "I cannot remember your name."

She said, "I am that first great Sorrow whom you met when you were young."

Her eyes looked like a morning whose dew is still in the air.

I stood silent for some time till I said, "Have you lost all the great burden of your tears?"

She smiled and said nothing. I felt that her tears had had time to learn the language of smiles.

"Once you said," she whispered, "that you would cherish your grief for ever."

I blushed and said, "Yes, but years have passed and I forget."

Then I took her hand in mine and said, "But you have changed."

"What was sorrow once has now become peace," she said.

无　题

我在乱草丛生的小径上走着，忽然听见背后有人说："看你认识我吗？"

我回头看见她说："我不记得你底名字了。"

她说："我就是你年青时初次遇到的那大悲哀。"

她底眼睛像一个清露未消的早晨。

我默然兀立了半晌，才说："你已经没有你那眼泪底重负了吗？"

她微笑着不说什么。我晓得她底眼泪已经学会了微笑底语言了。

"你曾经说过，"她低声说，"你要永远抱守着你底忧愁。"

我脸红了说："不错，但年光过去了，我也就忘了。"

于是我拿她底手在手里说："可是你也改变了。"

"那从前是悲哀的现在变成宁静了。"她说。

散　篇

　　本部分收入梁宗岱生前未结集的诗译，按发表日期排列。（编者）

"Why does he not come back?"
(« *The Gardener* » 36)

He whispered, "My love, raise your eyes."

I sharply chid him, and said "Go!"; but he did not stir.

He stood before me and held both my hands. I said, "Leave me!"; but he did not go.

He brought his face near my ear. I glanced at him and said, "What a shame!"; but he did not move.

His lips touched my cheek. I trembled and said, "You dare too much;" but he had no shame.

He put a flower in my hair. I said, "It is useless!"; but he stood unmoved.

He took the garland from my neck and went away. I weep and ask my heart, "Why does he not come back?"

太戈尔

他为什么不回来呢？

（《园丁集》第三十六首）

　　他低声说："吾爱，举起你的眼吧。"

　　我严厉地骂他，说："走！"但他只是不慌。

　　他站在我的面前抱着我的双手。我说："离开我！"但他只是不走。

　　他把他的脸儿贴近我的耳。我急顾她一眼说："羞啊！"但他只是不动。

　　他的唇触着我节颊。我颤栗而口："太大胆了！"但他只是不害羞。

　　他插一朵花在我的发里。我说："这是无用的！"但他只是呆呆地站立。

　　他把我颈上的花圈"奴手"去走了。我哭着问我的心道："他为什么不回来呢？"

　　　　　　　二一，七，二五，译于广州培正学校

初刊一九二一年十月《学生杂志》八卷十号，中英对照

Daybreak

A wind came up out of the sea,
And said, "O mists, make room for me."

It hailed the ships, and cried, "Sail on,
Ye mariners, the night is gone."

And hurried landward far away,
Crying, "Awake! it is the day."

It said unto the forest, "Shout!
Hang all your leafy banners out!"

It touched the wood-bird's folded wing,
And said, "O bird, awake and sing."

And o'er the farms, "O chanticleer,
Your clarion blow; the day is near."

朗费罗 ①

黎　明

一阵风从海上吹来，
　　说："啊雾儿，做房子给我吧。"

它招呼那些船儿，叫道："驶进前，
　　你水手们呀，黑夜已经跑了。"

又催促远方的陆地：
　　"醒来吧！天已大亮。"②

它对树林说："喊哟！
　　把所有你的叶旗都挂出来哟！"

它触着木鸟儿的折叠的翅膀，
　　说："啊鸟儿，醒来歌唱吧。"

---

① **朗费罗**（Henry Longfellow, 1807—1882），美国抒情诗人，翻译家。
② 初刊缺本段两行，编者据原文补译。

It whispered to the fields of corn,

"Bow down, and hail the coming morn."

It shouted through the belfry-tower,

"Awake, O bell! proclaim the hour."

It crossed the churchyard with a sigh,

And said, "Not yet! in quiet lie."

又经过农地，"啊公鸡儿，
　　吹你的号筒，白天近了。"

它对田上的禾低声说：
　　"鞠躬，敬礼这将临的清晨。"

它呼喊而过钟楼道：
　　"啊钟儿！宣告时刻哟。"

它经过坟场带着一声叹气，
　　说："还未呀！静悄悄地卧着吧。"

　　　　初刊一九二一年十二月《学生杂志》八卷十二号

　　　　　　　　　　　中英对照

To Helen

Helen, thy beauty is to me
　　Like those Nicean barks of yore
That gently, o'er a perfumed sea,
　　The weary, way-worn wanderer bore
　　To his own native shore.

On desperate seas long wont to roam,
　　Thy hyacinth hair, thy classic face,
Thy Naiad airs have brought me home
　　To the glory that was Greece,
　　And the grandeur that was Rome.

Lo, in yon brilliant window-niche
　　How statue-like I see thee stand,
The agate lamp within thy hand,
　　Ah! Psyche, from the regions which
　　Are Holy Land!

亚伦颇 ①

赠海伦 ②

海伦，你底美艳对于我
仿佛尼斯河上的古舟，
从香熏的海蹁跹的渡过，
把倦客从远方的浪游
渡回他故乡底岸陬。

久在波涛汹涌的海上逍遥——
你玉簪的柔发，你典雅的面庞，
你水神的丰姿引我回到了
古希腊底荣光，
古罗马底堂皇。

看哪！在那远远的明窗里，
你手擎着盏玛瑙灯，

---

① 亚伦颇（Edgar Allen Poe, 1809—1849），通译爱伦·坡，美国诗人，小说家。
② **海伦**　古希腊神话中的美女。作者影射一位中学同学的母亲，"在热情的少年时代，为自己心灵里第一次纯理想式爱情而写的"。

白石像般伫立婷婷！

啊，赛琪，

你莫非来自圣境！

初刊一九三一年《华胥社文艺论集》

Introduction to the Songs of Innocence

Piping down the valleys wild
Piping songs of pleasant glee
On a cloud I saw a child.
And he laughing said to me.

"Pipe a song about a Lamb";
So I piped with merry chear,
"Piper pipe that song again"—
So I piped, he wept to hear.

"Drop thy pipe thy happy pipe
Sing thy songs of happy chear",
So I sung the same again
While he wept with joy to hear

"Piper sit thee down and write
In a book that all may read"—

勃莱克

天真之歌序曲

吹着笛子走下荒谷，
吹着许多快乐之歌，
在云端看见一小孩，
他笑哈哈地对我说：

"吹一支绵羊的歌吧！"
于是我喜洋洋地吹。
"吹笛人，再吹一回吧！"
我再吹，他听到流泪。

"放下你快乐的笛子，
唱唱你这快乐的歌！"
于是我把它唱一遍，
他快乐到哭着听我。

"吹笛人，坐下写出来，
让大家都把它学会。"

So he vanish'd from my sight.
And I pluck'd a hollow reed.

And I made a rural pen,
And I stain'd the water clear,
And I wrote my happy songs
Every child may joy to hear

说完他忽然不见了。

于是折了一根芦苇，

我造成了一枝土笔，

然后蘸着一些清水，

写下这些快乐的歌，

让小孩听了都欢喜。

初刊一九三六年十二月《新诗》第三期

标题《天真歌序曲》

再刊《作品》月刊一九五七年第十二期

The Lamb

Little Lamb who made thee
　Dost thou know who made thee
Gave thee lifeand bid thee feed.
By the streamand o'er the mead;
Gave thee clothing of delight,
Softest clothing woolly bright;
Gave thee such a tender voice,
Making all the vales rejoice?
　Little Lamb who made thee
　Dost thou know who made thee
　Little Lamb I'll tell thee,
　Little Lamb I'll tell thee!
He is called by thy name,
For he calls himself a Lamb:
He is meekand he is mild,
He became a little child:
I a childand thou a lamb,

绵　羊

小绵羊，谁造你？

你可知谁造你？

赐你生命和食粮，

沿着水边和草场，

赐你鲜美的衣裳，

温暖，松软，及光亮，

赐你温柔的声音，

使众山谷尽欢欣？

小绵羊，谁造你？

你可知谁造你？

小绵羊，我告你；

小绵羊，我告你：

他的名字是绵羊，

因他自称是这样。

他又温和又慈蔼，

他好像一个小孩。

我是小孩你绵羊，

We are called by his name.

　　Little Lamb God bless thee.

　　Little Lamb God bless thee.

我们和他是一样。

小绵羊，神佑你！

小绵羊，神佑你！

初刊一九三六年十二月《新诗》第三期

再刊《作品》月刊一九五七年第十二期

A Poison Tree

I was angry with my friend;

I told my wrath, my wrath did end.

I was angry with my foe:

I told it not, my wrath did grow.

And I waterd it in fears,

Night and morning with my tears:

And I sunned it with smiles,

And with soft deceitful wiles.

And it grew both day and night.

Till it bore an apple bright.

And my foe beheld it shine,

And he knew that it was mine.

And into my garden stole,

When the night had veild the pole;

一棵毒树

我对我的朋友生气：

我说了出来，怒气使平息；

我对我的敌人生气：

我怀恨在心，它滋长不已。

于是我战战兢兢地

早晚用我的眼泪灌溉它，

又用百端阴谋诡计

和千般谄媚的巧笑晒它。

于是它日夜在生长，

结了一个苹果非常明亮，

我的敌人见它发光，

并且知道它是我的宝藏，——

于是偷进我的园里，

当黑夜的幕笼罩着大地。

In the morning glad I see;

My foe outstretchd beneath the tree.

到早上我多么欢喜，

看见我敌人挺直在树底。

（译自《经验之歌》）

初刊一九三六年十二月《新诗》第三期

再刊《作品》月刊一九五七年第十二期

Night

The sun descending in the west,

The evening star does shine.

The birds are silent in their nest,

And I must seek for mine,

The moon like a flower,

In heavens high bower;

With silent delight,

Sits and smiles on the night.

Farewell green fields and happy groves,

Where flocks have took delight;

Where lambs have nibbled, silent moves

The feet of angels bright;

Unseen they pour blessing,

And joy without ceasing,

On each bud and blossom,

And each sleeping bosom.

They look in every thoughtless nest,

夜

当太阳从西方下沉，
黄昏星在高照；
小鸟们在巢里无声，
我也觅我的巢，
月亮，像一朵花，
坐在天上的高榭，
带着静的光华，
微笑地凝望着夜。

再会，绿田和快活的幽林，
那儿羊群曾嬉戏。
绵羊啮草的地方，天使们
悄悄的脚步在轻移；
他们暗中把快乐和祝福，
源源不竭地灌注
每个蓓蕾和花心
和每个安眠的胸襟。

他们探望每个无思虑的巢中

Where birds arecovered warm;

They visit caves of every beast,

To keep them all from harm;

If they see any weeping,

That should have been sleeping

They pour sleep on their head

And sit down by their bed.

When wolves and tygers howl for prey

They pitying stand and weep;

Seeking to drive their thirst away,

And keep them from the sheep.

But if they rush dreadful;

The angels most heedful,

Receive each mild spirit,

New worlds to inherit.

And there the lions ruddy eyes,

Shall flow with tears of gold:

And pitying the tender cries,

And walking round the fold:

Saying: wrath by his meekness

小鸟们是否被温暖地覆盖；

他们巡视每个野兽的岩洞，

让他们一个个远离灾害。

他们一看见谁在哀哭，

得不着应得的安眠，

就把睡眠向他顶上灌注

并坐在他的巢边。

当虎狼为觅食呼啸，

他们悲悯地站着啜泣，

设法把它们的饥渴赶掉，

把它们和羊群隔离。

但它们倘凶狠地狂奔，

天使们就小心翼翼，

迎接每个柔顺的灵魂，

去承接新的天地。

那儿雄狮血红的眼睛，

将流出黄金的泪，

悲悯着那些温柔的呻吟，

在羊栏的四周徘徊，

并说："恼怒，给他的温煦，

And by his health, sickness,

Is driven away,

From our immortal day.

And now beside thee bleating lamb,

I can lie down and sleep;

Or think on him who bore thy name,

Graze after thee and weep.

For wash'd in lifes river,

My bright mane for ever,

Shall shine like the gold,

As I guard o'er the fold.

疾病，给他的健康，

从我们这永生的日子

已经永被消禳。"

"现在，在你身边，咩咩的羔羊，

我可以躺下睡觉；

或者，怀念着那另一个羔羊，

跟着你哭泣或者啮草。

因为，在生命河里洗澡，

我光明的鬣毛将永远

像黄金一样照耀，

当我看守着羊栏。"

第一段初刊一九三六年十二月《新诗》第三期

全译初刊一九五八年二月十五日香港《文汇报·文艺》

Love's Secret

Never seek to tell thy love,
　　Love that never told shall be ;
For the gentle wind does move
　　Silently, invisibly.

I told my love, I told my love,
　　I told her all my heart,
Trembling, cold, in ghastly fears.
　　Ah ! she did depart !

Soon after she has gone from me,
　　A traveller came by,
Silently, invisibly:
　　He took her with a sigh.

爱底秘密

别对人说你的爱，
　　爱永不该告诉人：
微风轻轻地吹
　　无影也无声。

我说我的爱，我说我的爱，
　　我告诉她我的心，
发抖，冰冷，鬼似的惊慌，——
　　啊！她不辞而行。

一个游客走来，
　　她离开我不久之后。
无影也无声，
　　他叹口气把她带走。

　　　　　初刊一九三六年十二月《新诗》第三期
　　再刊一九五七年六月二十九日香港《文汇报·文艺》

Song

How sweet I roamed from field to field.

　　And tasted all the summer's pride.

Till I the Prince of Love beheld

　　Who in the sunny beams did glide.

He showed me lilies for my hair.

　　And blushing roses for my brow ;

He led me through his gardens fair

　　Where all his golden pleasure grow.

With sweet May-dews my wings were wet.

　　And Phoebus fired my vocal rage ;

He caught me in his silken net,

　　And shut me in his golden cage.

He loves to sit and hear me sing,

　　Then, laughing, sports and plays with me.

歌 ①

多么愉快我在田野间遨游！
　我赏尽了夏天的一切光彩，
直到我和爱的王子邂逅，
　他在太阳的晴晖中飘来。

他把百合花插在我的发边，
　把羞红的玫瑰往我额上戴，
他引我进他那美丽的花园，
　那里一切黄金的欢乐正盛开。

我的翅膀给五月的香露打湿，
　太阳燃起了我歌唱的怒火，
他把我捉到丝织的网里，
　把我在黄金的笼里关锁。

他喜欢坐着听我歌唱，
　然后笑哈哈地跟我嬉游，

————————

① 译自布莱克组诗《歌》(Song) 的第一首。

Then stretches out my golden wing,

And mocks my loss of liberty.

然后张开我黄金的翅膀，

　　嘲弄着我丧失了的自由。

　　初刊一九五七年六月二十九日香港《文汇报·文艺》

My Pretty Rose Tree

A FLOWER was offered to me,

　　Such a flower as May never bore ;

But I said, "I've a pretty rose tree,"

　　And I passed the sweet flower o'er.

Then I went to my pretty rose tree.

　　To tend her by day and by night;

But my rose turned away with jealousy.

　　And her thorns were my only delight.

我的玫瑰树

有一朵花献给我，
　　这样的花五月从未开过；
但我说："我有棵艳丽的玫瑰树。"
　　我便把那朵花放过。

于是我走向我艳丽的玫瑰树，
　　日日夜夜把她服侍；
但我的玫瑰妒忌地避开，
　　她的刺却是我唯一的欢喜。

初刊一九五七年六月二十九日

香港《文汇报·文艺》

The Wild Flower's Song

As I wandered in the forest

  The green leaves among,

I heard a wild flower

  Singing a song.

"I slept in the earth

  In the silent night ;

I murmured my thoughts.

  And I felt delight.

"In the morning I went,

  As rosy as morn,

To seek for new joy,

  But I met with scorn."

野花的歌

我漫步林中，
　从绿叶丛中走过，
我听见一朵野花
　在唱一支歌：

"我在黑暗里睡着，
　在寂静的夜里。
我低诉我的恐怖，
　我感到了欢喜。

"我早上出来，
　像清晓般粉红，
去找新的快乐，
　却碰到了嘲讽。"

初刊一九五七年六月二十九日

香港《文汇报·文艺》

To Spring

O THOU with dewy locks, who lookest down
Through the clear windows of the morning, turn
Thine angel eyes upon our western isle.
Which in full choir hails thy approach, O Spring !

The hills tell each other, and the listening
Valleys hear ; all our longing eyes are turned
Up to thy bright pavilions : issue forth.
And let thy holy feet visit our clime !

Come o'er the eastern hills, and let our winds
Kiss thy perfumed garments ; let us taste
Thy morn and evening breath ; scatter thy pearls
Upon our lovesick land that mourns for thee.

O deck her forth with thy fair fingers; pour
Thy soft kisses on her bosom; and put
Thy golden crown upon her languish'd head,
Whose modest tresses were bound up for thee!

春

哦，你披着露水晶莹的蜷发，从
清晓的明窗下望，转你天使的
明眸向我们西岛吧，它正高声
合奏着欢迎你莅临的歌，哦春！

群峰互相倾诉，静悄悄的幽谷
谛听着；所有我们企盼的眼睛
在仰望着你辉煌的天幕：出来，
让你的圣足巡视我们这下方。

越过东冈来，让我们的风吻你
芳馥的衣裳；让我们吸你晨昏
的呼息；把珍珠洒遍了我们这
害相思的大地：她正为你哀哭。

哦，用你的纤指装点她吧；倾泻
你的柔吻在她胸脯上；然后把
你的金冕往她憔悴的头上戴，
她那贞洁的蜷发已为你束起！

初刊一九五七年十一月二十三日

香港《文汇报·文艺》

To Summer

O THOU who passest through our valleys in

Thy strength, curb thy fierce steeds, allay the heat

That flames from their large nostrils ! Thou, O Summer ,

Oft pitched'st here thy golden tent, and oft

Beneath our oaks hast slept, while we beheld

With joy thy ruddy limbs and flourishing hair.

Beneath our thickest shades we oft have heard

Thy voice, when Noon upon his fervid car

Rode o'er the deep of heaven. Beside our springs

Sit down, and in our mossy valleys, on

Some bank beside a river clear, throw thy

Silk draperies off and rush into the stream !

Our valleys love the Summer in his pride.

Our bards are famed who strike the silver wire ;

Our youth are bolder than the southern swains,

Our maidens fairer in the sprightly dance.

夏

哦你，从我们这些山谷热腾腾
走过，勒紧你烈马的缰吧：缓和
它那宽鼻孔喷出的火焰！哦夏！
你常在这里张开金幕，在我们
橡树底下睡觉，让我们愉快地
凝望你那红润的四肢和浓发。

在我们的浓荫里我们常听见
你的声音，当正午驾着火热的
车滚过天底深处；在我们泉边
坐下吧，并在我们多苔的幽谷，
清溪的岸边把你身上的薄纱
匆匆卸下，然后纵身进清溪里：
我们的幽谷热爱夏天的骄傲。

我们弹银筝的诗人声誉卓著，
我们的儿郎比南方健儿勇敢，
我们的少女跳起舞来更婀娜，

We lack not songs, nor instruments of joy,

Nor echoes sweet, nor waters clear as heaven,

Nor laurel wreaths against the sultry heat.

我们不缺少歌，或行乐的管弦
或温甜的回音，或天样清的水！
也不缺少抗酷暑的月桂花环。

初刊一九五七年十一月二十三日

香港《文汇报·文艺》

To Autumn

O Autumn, laden with fruit, and stained

With the blood of the grape, pass not, but sit

Beneath my shady roof, there thou may'st rest,

And tune thy jolly voice to my fresh pipe;

And all the daughters of the year shall dance!

Sing now the lusty song of fruits and flowers.

"The narrow bud opens her beauties to

"The sun, and love runs in her thrilling veins;

"Blossoms hang round the brows of morning, and

"Flourish down the bright cheek of modest eve,

"Till clust'ring Summer breaks forth into singing,

"And feather'd clouds strew flowers round her head.

"The spirits of the air live on the smells

"Of fruit; and joy, with pinions light, roves round

"The gardens, or sits singing in the trees."

秋

哦秋天，满载着果实，被葡萄的
鲜血染得红红的，别走，坐下来
在我的阴翳的屋檐下歇一歇；
让我的新笛为你的欢歌伴奏；
于是年光的女儿将一齐起舞！
现在，唱起花果的壮硕的歌吧。

"嫩蕊向太阳展开了她的妩媚，
于是爱在她震颤的静脉里流；
繁花挂在清晓前额，又绚烂地
垂在贞洁的黄昏红润的颊上，
直到葱茏的夏天爆出了歌声，
白羽似的云片萦绕着她的头。

"空中的精灵吸着熟果的香气；
快乐，鼓着轻盈的翅膀，荡漾在：
花园的四周，或坐在树上歌唱。"

Thus sang the jolly Autumn as he sat,

Then rose, girded himself, and o'er the bleak

Hills fled from our sight; but left his golden load.

快活的秋天就这样坐着歌唱；

然后站起来，束束腰，在荒山上

隐灭了；只留下金累累的重担。

初刊一九五七年十一月二十三日

香港《文汇报·文艺》

To Winter

O Winter! bar thine adamantine doors:
The north is thine; there hast thou built thy dark
Deep-founded habitation. Shake not thy roofs,
Nor bend thy pillars with thine iron car.

He hears me not, but o'er the yawning deep
Rides heavy; his storms are unchain'd; sheathed
In ribbed steel, I dare not lift mine eyes;
For he hath rear'd his sceptre o'er the world.

Lo! now the direful monster, whose skin clings
To his strong bones, strides o'er the groaning rocks:
He withers all in silence, and in his hand
Unclothes the earth, and freezes up frail life.

He takes his seat upon the cliffs, the mariner
Cries in vain. Poor little wretch! that deal'st
With storms; till heaven smiles, and the monster
Isdriv'n yelling to his caves beneath mount Hecla.

冬

哦冬！闩起你金刚石的大门吧！
北方原是你的；就在那里筑起
你深黑的玄穴。别撼你的屋顶，
别用你的铁轮压断你的梁柱。

他不理睬我，只隆隆地飞驰过
张开口的海洋；把鞘在钢骨里
的暴风放出来；我不敢抬眼睛，
因他已高举王笏在全世界上。

看！那阴惨的怪物，皮肤紧包着
□□的骨骼，踏过呻吟的岩石：
他无声地枯槁了万物，他的手
把地衣剥掉，僵冻柔脆的生命。

他高踞在悬崖之上；水手徒然
呼号。可怜的小生物！你和暴风
挣扎，直到天微笑，怪物咆哮着
被赶回赫克拉山下他的老巢。

初刊一九五七年十一月二十三日香港《文汇报·文艺》

To The Evening Star

Thou fair-hair'd angel of the evening,

Now, whilst the sun rests on the mountains, light

Thy bright torch of love; thy radiant crown

Put on, and smile upon our evening bed!

Smile on our loves; and, while thou drawest the

Blue curtains of the sky, scatter thy silver dew

On every flower that shuts its sweet eyes

In timely sleep. Let thy west wind sleep on

The lake; speak silence with thy glimmering eyes,

And wash the dusk with silver. Soon, full soon,

Dost thou withdraw; then the wolf rages wide,

And the lion glares thro' the dun forest:

The fleeces of our flocks are cover'd with

Thy sacred dew: protect them with thine influence.

给黄昏星

你美发垂垂的黄昏的安琪儿，
现在，当太阳在山顶上歇，燃起
你那爱的荧荧火把吧；把你的
光冕戴上，对我们的夜榻微笑！
对我们的爱微笑，并且，在掀开
天空的蓝幕时请将你的银露
洒在每一朵闭着媚眼沉睡的
花上。让你的西风在湖面安息；
用你那闪闪的明眸低说宁静，
并用银辉洗净暮色——快，太快了，
你藏起来，于是豺狼嗥声四起，
雄狮在棕色的林中怒视炯炯，
我们羊群的蜷毛上洒满你的
圣露：请用你的威灵保护它们。

初刊一九五七年十一月二十三日香港《文汇报·文艺》

Spring

Sound the Flute!

Now it's mute.

Birds delight

Day and Night.

Nightingale

In the dale

Lark in Sky

Merrily

Merrily Merrily to welcome in the Year

Little Boy

Full of joy.

Little Girl

Sweet and small,

Cock does crow

So do you.

Merry voice

Infant noise

Merrily Merrily to welcome in the Year

春　天 ①

芦笛声!

忽已停!

小鸟们

常欣欣，

幽谷里

夜莺啼;

天空上

云雀唱，

喜洋洋，喜洋洋，去迎接新年。

小男孩

多欢快;

小女孩

甜又乖;

雄鸡叫，

你也笑;

婴儿歌

---

①　原刊"春"，为与前一首《春》区别，改为"春天"。

Little Lamb

Here I am,

Come and lick

My white neck.

Let me pull

Your soft Wool.

Let me kiss

Your soft face.

Merrily Merrily we welcome in the Year

多快乐，

喜洋洋，喜洋洋，去迎接新年。

小绵羊

来偎傍；

舐舐我

白头脖；

你软毛

我要拔；

我要吻

你软颊：

喜洋洋，喜洋洋，去迎接新年。

初刊一九五八年二月十五日香港《文汇报·文艺》

The Divine Image

To Mercy Pity Peace and Love,
　　All pray in their distress:
And to these virtues of delight
　　Return their thankfulness.

For Mercy Pity Peace and Love,
　　Is God our father dear:
And Mercy Pity Peace and Love,
　　Is Man his child and care.

For Mercy has a human heart
　　Pity, a human face:
And Love, the human form divine,
　　And Peace, the human dress.

Then every man of every clime,
　　That prays in his distress,
Prays to the human form divine
　　Love Mercy Pity Peace.

圣　像

向慈悲、怜悯、和平与爱
每个人在苦难中都膜拜；
对这些使人快乐的美德
每个人都表示感戴。

因为慈悲、怜悯、和平与爱
就是我们亲爱的父亲上帝：
同时慈悲、怜悯、和平与爱
也就是人，上帝最疼爱的儿子。

因为慈悲有一颗人类的心，
怜悯有一张人类的脸庞，
爱有着人类的圣体，
和平有着人类的衣裳。

于是，每个人，无论所属何方，
在他的苦难中膜拜，
都膜拜着人类的圣体，
慈悲、怜悯、和平与爱。

And all must love the human form,

In heathen, turk or jew.

Where Mercy, Love and Pity dwell,

There God is dwelling too

而每个人必须爱人类的圣体

无论他是突厥，犹太，或异教徒

慈悲，怜悯和爱住的地方，

上帝也在那里住。

初刊一九五八年二月十五日香港《文汇报·文艺》

Infant Joy

I have no name

I am but two days old.—

What shall I call thee?

I happy am

Joy is my name,—

Sweet joy befall thee!

Pretty joy!

Sweet joy but two days old,

Sweet joy I call thee;

Thou dost smile.

I sing the while

Sweet joy befall thee.

婴儿的欢喜

"我没有名字,

我出世才两天。"

我怎么称呼你?

"我很快乐,

我名叫欢喜。"

愿温甜的欢喜降临你!

娇小的欢喜!

才两天大的温甜的欢喜,

我称你为温甜的欢喜:

你微微笑,

我哼小调,

愿温甜的欢喜降临你!

初刊一九五八年二月十五日香港《文汇报·文艺》

The Echoing Green

The sun does arise,

And make happy the skies ;

The merry bells ring

To welcome the Spring ;

The skylark and thrush.

The birds of the bush.

Sing louder around

To the bells' cheerful sound ;

While our sports shall be seen

On the echoing green.

Old John, with white hair,

Does laugh away care,

Sitting under the oak,

Among the old folk.

They laugh at our play,

And soon they all say,

"Such, such were the joys

When we all—girls and boys—

回响的草原

太阳升起来，
满天都欢快；
钟声喜洋洋，
去迎接春阳；
云雀和画眉，
林中小鸟儿，
伴着兴高采烈的钟声，
上下嘤嘤鸣，
于是我们的游戏出现
在震荡着回响的草原。

老约翰，白了头，
笑走了烦忧，
跟一群老人家，
坐在橡树下。
他们笑着我们娱乐，
然后同声说：
"我们也曾有这样的欢快，
当我们，女孩和男孩，

In our youth-time were seen

On the echoing green."

Till the little ones, weary.

No more can be merry :

The sun does descend,

And our sports have an end.

Round the laps of their mothers

Many sisters and brothers.

Like birds in their nest.

Are ready for rest,

And sport no more seen

On the darkening green.

一个个年轻轻地出现，

在震荡着回响的草原。"

直到那些小乖乖，累坏了，

再不能笑嘻嘻开怀了；

太阳下了山，

我们的嬉戏也告完。

围绕着妈妈的膝盖，

许多兄弟和姊妹，

像小鸟在巢里，

准备要休息，

于是游戏再不出现，

在渐渐昏暗的草原。

初刊一九五八年二月十五日香港《文汇报·文艺》

On Another's Sorrow

Can I see anothers woe,

And not be in sorrow too?

Can I see anothers grief,

And not seek for kind relief?

Can I see a falling tear,

And not feel my sorrows share?

Can a father see his child,

Weep, nor be with sorrow fill'd?

Can a mother sit and hear,

An infant groan an infant fear?

No no never can it be.

Never never can it be.

And can he who smiles on all

Hear the wren with sorrows small,

Hear the small birds grief and care

Hear the woes that infants bear—

别人的悲哀

我能见别人受灾害
而自己不感到悲哀？
我能见别人担忧
而不想法子为他消愁？

我能见一线泪痕
而不感到悲哀的分？
一个父亲见小孩哭
心里能不觉酸苦？

一个母亲能坐着静听
婴儿的恐怖，婴儿的呻吟？
不，不！永远不可能！
永远，永远不可能！

那含笑看众生的能不能
听见小小鹪鹩的哀鸣，
听见小鸟的忧虑和灾难，
听见婴儿遭受着祸患——

And not sit beside the nest

Pouring pity in their breast,

And not sit the cradle near

Weeping tear on infants tear.

And not sit both night and day

Wiping all our tears away?

O! no! never can it be.

Never never can it be.

He doth give his joy to all.

He becomes an infant small.

He becomes a man of woe

He doth feel the sorrow too.

Think not, thou canst sigh a sigh,

And thy maker is not by.

Think not, thou canst weep a tear,

And thy maker is not near.

O! he gives to us his joy,

而不坐在小巢边，
把怜悯灌入他们胸间；
而不俯向摇篮里
把眼泪向婴儿泪上滴；

而不整天整夜坐下来？
替我们把眼泪揩？
哦不！永远不可能！
永远永远不可能！

他把快乐普赐万类，
他变成了一个婴孩；
他变成受害的苦主，
他自己也感到痛楚。

别以为你能叹一声
而造物主不靠近；
别以为你能掉一滴泪
而造物主不相随。

哦！他把快乐赐给我们，

That our grief he may destroy :

Till our grief is fled and gone

He doth sit by us and moan

为要把我们忧愁洗干净；

直到我们忧愁全洗去，

他总要在我们身边悲泣。

初刊一九五八年二月十五日香港《文汇报·文艺》

A Dream

Once a dream did weave a shade,

O'er my Angel-guarded bed,

That an Emmet lost it's way

Where on grass me thought I lay.

Troubled wilderd and folorn

Dark benighted travel-worn,

Over many a tangled spray

All heart-broke I heard her say.

"O my children! do they cry?

Do they hear their father sigh?

Now they look abroad to see,

Now return and weep for me."

Pitying I drop'd a tear:

But I saw a glow-worm near:

Who replied."What wailing wight

Calls the watchman of the night?

一个梦

有一次，梦织成一个幻网，
笼罩着我那天使呵护着的床：
一只小蚂蚁迷失了方向
在我蒙蒙眬眬躺着的草地上。

她焦急，踌躇又迷惘，
烦恼，迷困，又慌张，
在纠缠着的小枝间彷徨。
我听见她呼唤，无限心伤。

"我的小孩们呵！他们可在嚷？
他们可听见天父在叹息？
他们一会儿探头外，
一会见又回头为我悲啼。"

我悲悯地掉了一滴泪；
但我看见一个土萤走来，
他应声说："谁在恸哭？
谁在呼唤守夜的更夫？

"I am set to light the ground,

While the beetle goes his round:

Follow now the beetles hum,

Little wanderer hie thee home."

"我被派来照亮地面，

当金甲虫到处打转；

现在，请跟着嗡嗡的金甲；

小流浪者，赶快回家。"

初刊一九五八年二月十五日香港《文汇报·文艺》

The Clod and the Pebble

"Love seeketh not itself to please.

    Nor for itself hath any care,

But for another gives its ease,

    And builds a heaven in hell's despair."

So sung a little clod of clay,

    Trodden with the cattle's feet,

But a pebble of the brook

    Warbled out these metres meet :

" Love seeketh only Self to please,

    To bind another to its delight,

Joys in another's loss of ease.

    And builds a hell in heaven's despite."

泥块和石子

"爱并不为自己取悦，

　　也不求自己的舒畅，

而只让别人得欢乐，

　　在地狱的绝望里建立天堂。"

这样唱着一小泥块

　　被践踏在牛脚底，

但清溪里的小圆石

　　却唱出这悦耳的调子：

"爱专为自己取悦，

　　把别人拴在自己的欢乐上，

高兴别人失掉安乐，

　　建地狱在天堂的轻蔑上。"

初刊一九五八年四月九日香港《文汇报·文艺》

The Sick Rose

O Rose thou art sick.
　The invisible worm,
That flies in the night
　In the howling storm:

Has found out thy bed
　Of crimson joy:
And his dark secret love
　Does thy life destroy.

病的玫瑰

哦玫瑰，你病了！
　那看不见的虫
在夜间飞过，
　乘着怒吼的风，

已钻进你那
　浓红的欢乐的床心，
他那幽暗隐密的爱
　摧毁了你的生命。

　　　初刊一九五八年四月九日香港《文汇报·文艺》

The Human Abstract

Pity would be no more,

If we did not make somebody Poor:

And Mercy no more could be,

If all were as happy as we;

And mutual fear brings peace;

Till the selfish loves increase.

Then Cruelty knits a snare,

And spreads his baits with care.

He sits down with holy fears,

And waters the ground with tears:

Then Humility takes its root

Underneath his foot.

Soon spreads the dismal shade

Of Mystery over his head;

And the Catterpiller and Fly,

Feed on the Mystery.

人的抽象

谁还用得着怜悯
我们若不使人贫困?
慈悲将无法存在
若是人人一样欢快。

均势带来了和平,
直到私爱的加增;
于是"残忍"织了一个网罗,
把他的食饵小心散播。

他提心吊胆地坐下来,
用眼泪把地面灌溉;
于是"屈辱"在他脚下
渐渐抽出根芽。

不久"神秘"把阴森的篷帐
张开在他的头上;
还有毛虫和苍蝇
在"神秘"身上寄生。

And it bears the fruit of Deceit,

Ruddy and sweet to eat;

And the Raven his nest has made

In its thickest shade.

The Gods of the earth and sea,

Sought thro' Nature to find this Tree

But their search was all in vain:

There grows one in the Human Brain

于是他结出果子"欺骗",

吃起来又香又甜;

于是乌鸦把他的巢筑起,

在它的最浓荫里。

大地和海洋的神,

到处把这棵树找寻;

但他们的搜索完全落空,

这棵树只长在人心中。

初刊一九五八年四月九日香港《文汇报·文艺》

Laughing Song

When the green woods laugh, with the voice of joy

And the dimpling stream runs laughing by,

When the air does laugh with our merry wit,

And the green hill laughs with the noise of it.

When the meadows laugh with lively green

And the grasshopper laughs in the merry scene,

When Mary and Susan and Emily,

With their sweet round mouths sing Ha, Ha, He!

When the painted birds laugh in the shade

Where our table with cherries and nuts is spread

Come live and be merry and join with me,

To sing the sweet chorus of Ha, Ha, He!

笑　歌

当青翠的树林笑出快乐的声音，
笑哈哈流过的清溪笑涡盈盈，
当空中震荡着我们清脆的笑语，
和起伏的青山哈哈笑个不已；

当草原笑出了活泼泼的新青，
蝈蝈儿在快乐的草丛中发出笑声，
当玛丽和苏珊和爱弥莉
张开甜蜜蜜的嘴唇唱"哈，哈，嘻！"

当彩色的鸟儿在绿荫中笑，
我们的桌子摆满了核桃和樱桃，
来吧，来跟我同乐，跟我一起
唱着愉快的合奏"哈，哈，嘻！"

（译自《天真之歌》）

初刊广州《作品》月刊一九五七年第十二期

The Chimney Sweeper

When my mother died I was very young,
And my father sold me while yet my tongue,
Could scarcely cry "weep weep weep weep".
So your chimneys I sweepand in soot I sleep,

Theres little Tom Dacre, who cried when his head
That curl'd like a lambs back, was shav'd, so I said.
Hush Tom never mind it, for when your head's bare,
"You know that the soot cannot spoil your white hair."

And so he was quiet,and that very night,
As Tom was a sleeping he had such a sight,
That thousands of sweepers Dick, Joe, Nedand Jack
Were all of them lock'd up in coffins of black,

And by came an Angel who had a bright key,
And he open'd the coffinsand set them all free.
Then down a green plain leaping laughing they run
And wash in a river and shine in the Sun.

扫烟囱的孩子

我妈妈死的时候我年纪还很小，
而当我的嘴巴还未学会去叫
"扫！扫！扫！扫！"我爹爹已把我卖掉！
于是我替你们扫烟囱，在煤屑里睡觉。

有一个小托姆，他那羊裘似的鬈发
被剃光的时候，伤心得直嚷。
我说："别哭，托姆，没关系：你晓得
头光了将来就不怕煤屑把白发弄脏。"

于是他不响了；于是那天晚上，
托姆睡着的时候，看见了怎样的景象！
他看见成千成万的扫烟囱的孩子，
阿克呀，阿狄呀，都被关进黑棺材里。

然后一个天使，挽着明晃晃的钥匙
走来，打开棺材，把他们通通放出来；
于是他们跳着，笑着，跑向一片草地，
在河水里洗澡，又在阳光中晒晒。

Then naked and white, all their bags left behind,

They rise upon clouds, and sport in the wind.

And the Angel told Tom if he'd be a good boy,

He'd have God for his fatherand never want joy.

And so Tom awoke and we rose in the dark

And got with our bags and our brushes to work.

Tho' the morning was cold, Tom was happy and warm,

So if all do their duty, they need not fear harm.

于是又白又亮的，放下了袋子，
一个个升上云端，在风中游戏；
天使对托姆说，他要是乖小孩，
就会得上帝做爸爸，一辈子欢快。

托姆醒来了，我们马上摸黑起来，
提起袋子和笤帚把工作展开。
虽然早上很冷，托姆也觉得温暖愉快。
所以，只要各尽本分，就消难消灾。

初刊广州《作品》月刊一九五七年第十二期

The Tiger

Tiger, tiger, burning bright
In the forests of the night.
What immortal hand or eye
Could frame thy fearful symmetry?

In what distant deeps or skies
Burnt the fire of thine eyes?
On what wings dare he aspire?
What the hand dare seize the fire?

And what shoulder and what art
Could twist the sinews of thy heart?
And, when thy heart began to beat.
What dread hand and what dread feet?

What the hammer? what the chain?
In what furnace was thy brain?
What the anvil? what dread grasp
Dare its deadly terrors clasp?

猛　虎

猛虎！猛虎！烈熊熊地燃烧，
在黑夜的林莽中照耀，
怎样非凡的手或眼睛
抟造得出你这骇人的雄劲？

在什么遥远的天空或深渊
燃烧着你眼睛的火焰？
凭什么翅膀他敢飞跃？
怎样的手敢抓烈火？

怎样的臂膀，怎样的技术
能够扭出你心脏的筋肉？
而当你的心开始搏跳，
多凶狠的手？多凶狠的脚？

怎样的铁锤？怎样的铁链？
怎样的洪炉把你的脑锻炼？
怎样的铁砧？多凶狠的掌握
敢抓住它那致命的恐怖？

When the stars threw down their spears

And watered heaven with their tears,

Did He smile his work to see?

Did He who made the lamb make thee?

Tiger, tiger, burning bright

In the forests of the night.

What immortal hand or eye

Dare frame thy fearful symmetry?

当星星投射他们的金矛，

用缤纷的银泪把天空遍浇，

他可曾含笑去看他的作品？

造你的可就是那造羊的人？

猛虎！猛虎！烈熊熊地燃烧，

在黑夜的林莽中照耀，

怎样非凡的手或眼睛

敢抟造你这骇人的雄劲？

（译自《经验之歌》）

初刊广州《作品》月刊一九五七年第十二期

London

I wander thro' each charter'd street,

　　Near where the charter'd Thames does flow.

And mark in every face I meet

　　Marks of weakness, marks of woe.

In every cry of every Man,

　　In every Infants cry of fear,

In every voice: in every ban,

　　The mind-forg'd manacles I hear

How the Chimney-sweepers cry

　　Every blackning Church appalls,

And the hapless Soldiers sigh

　　Runs in blood down Palace walls

But most thro' midnight streets I hear

　　How the youthful Harlots curse

伦　敦

我踯躅在每一条特权的街上，

　　在那特权的太晤士河附近，

我发觉每副面孔都刻上

　　软弱的印痕，苦难的印痕。

从每个婴儿的恐怖的哭声，

　　从每个人的每一声叫嚷，

从每一句语音，每一个禁令，

　　我都听出心造的镣铐的声响。

扫烟囱孩子的叫喊怎样令

　　每座越扫越黑的教堂显得狰狞；

而每个不幸的士兵的叹息

　　都化为鲜血注入宫墙里。

但最可怕是夜半的街头

　　我听见年轻的卖淫妇的诅咒，

Blasts the new-born Infants tear

And blights with plagues the Marriage hearse

它枯萎了新生婴孩的眼泪，

用瘟病把婚礼的殡车摧毁。

（译自《经验之歌》）

初刊广州《作品》月刊一九五七年第十二期

"I heard an angel singing"

I heard an Angel singing
When the day was springing,
"Mercy, Pity, Peace,
Is the world's release."

Thus he sung all day
Over the new mown hay,
Till the sun went down
And haycocks looked brown.

I heard a Devil curse
Over the heath and the furze,
"Mercy could be no more
if there was nobody poor;

"And pity no more could be
If all were as happy as we."
At his curse the sun went down,
And the heavens gave a frown.

无　题

我听见一个天使歌唱
当太阳正在升上，
"慈悲，怜悯，和平
是世界的救星。"

他整天这样唱
在新刈的稻草上，
直到太阳下坡，
稻草堆显出棕色。

我听见一个魔鬼诅咒
在丛莽和金雀花上头，
"再不会有怜悯
倘若没有人贫困，

"慈悲将无法存在
要是人人一样欢快。"
他诅咒完，太阳便往下溜，
众天空皱了一皱额头。

Down pour'd the heavy rain

Over the new reap'd grain;

And Miserie's increase

Is Mercy, Pity, Peace.

接着是倾盆大雨

淋透了新收的谷子，

于是贫困的加增，

便是慈悲，怜悯，和平。

（译自《杂诗和断片》）

初刊广州《作品》月刊一九五七年第十二期

"The sword sung on the barren heath"

The sword sung on the barren heath,

The sickle in the fruitful field :

The sword he sung a song of death,

But could not make the sickle yield.

断　句

利剑在荒原上高歌，
镰刀在丰饶的田亩：
利剑他唱死亡之歌，
但不能使镰刀低头。

（译自《杂诗和断片》）

初刊广州《作品》月刊一九五七年第十二期

Wiederfinden

Ist es möglich! Stern der Sterne,

Drück ich wieder dich ans Herz!

Ach, was ist die Nacht der Ferne

Für ein Abgrund, für ein Schmerz!

Ja, du bist es! meiner Freuden

Süßer, lieber Widerpart;

Eingedenk vergangner Leiden,

Schaudr' ich vor der Gegenwart.

Als die Welt im tiefsten Grunde

Lag an Gottes ew'ger Brust,

Ordnet' er die erste Stunde

Mit erhabner Schöpfungslust,

Und er sprach das Wort: "Es werde!"

Da erklang ein schmerzlich Ach!

Als das All mit Machtgebärde

In die Wirklichkeiten brach.

歌　德

再　会

是真的么！星中的星，
我又把你压在心上！
唉，那别离底长夜是
多么深暗，多么悲怆！
是，果然是你，我快乐
底甘美亲切的源泉；
回首那过去的苦痛
我现在还不禁寒颤。

当世界，在混沌里，躺
在上帝永恒的胸内，
他用崇高的创造乐
把太初的时辰安排，
说出了："要变化！"——于是
响了一声痛楚的"唉！"
宇宙，猛烈地挣扎，便
在现实里片片劈开。

Auf tat sich das Licht:so trennte

Scheu sich Finsternis von ihm,

Und sogleich die Elemente

Scheidend auseinanderfliehn.

Rasch, in wilden, wüsten Träumen

Jedes nach der Weite rang,

Starr, in ungemeßnen Räumen,

Ohne Sehnsucht, ohne Klang.

Stumm war alles, still und öde,

Einsam Gott zum erstenmal!

Da erschuf er Morgenröte,

Die erbarmte sich der Qual;

Sie entwickelte dem Trüben

Ein erklingend Farbenspiel,

Und nun konnte wieder lieben,

Was erst auseinander fiel.

Und mit eiligem Bestreben

Sucht sich, was sich angehört;

Und zu ungemeßnem Leben

光突然开放了：黑暗
于是和它仓皇分离；
森罗的单元，散开来，
立刻纷纷互相逃避。
在杂沓，荒野的梦里，
每个都向远处飞奔，
僵冷，在无穷的空间，
没有愿望，没有声音。

万有都暗哑和荒凉，
上帝初次感到寂寞！
于是他创造晨光去
垂怜那无边的冷落；
她把一片黯淡幻成
万千种和谐的色彩；
于是那刚才分离的
又能够开始去相爱。

于是带着猛烈冲动
有缘的又互相追寻；
脉脉的心情和视线

Ist Gefühl und Blick gekehrt.

Seis Ergreifen, sei es Raffen,

Wenn es nur sich faßt und hält!

Allah braucht nicht mehr zu schaffen,

Wir erschaffen seine Welt.

So, mit morgenroten Flügeln,

Riß es mich an deinen Mund,

Und die Nacht mit tausend Siegeln

Kräftigt sternenhell den Bund.

Beide sind wir auf der Erde

Musterhaft in Freud und Qual,

Und ein zweites Wort: Es werde!

Trennt uns nicht zum zweitenmal.

同转向无穷的生命。
管它是强夺或甘愿，
只要能够相擎相搂！
安拉用不着再创造，
我们创造他底宇宙。

这样，我乘着晨光底
翅膀，飞向你底嘴唇。
星夜用万千颗金印
使我俩结合更坚定。
我俩是众生底榜样
在欢乐或在悲哀里，
第二次呼喊："要变化！"
再不能把我们分离。

初刊一九三七年二月《新诗》第五期

Mahomets — Gesang

Seht den Felsenquell,

Freudehell,

Wie ein Sternenblick;

Über Wolken

Nährten seine Jugend

Gute Geister

Zwischen Klippen im Gebüsch.

Jünglingfrisch

Tanzt er aus der Wolke

Auf die Marmorfelsen nieder,

Jauchzet wieder

Nach dem Himmel.

Durch die Gipfelgänge

Jagt er bunten Kieseln nach,

Und mit frühem Führertritt

Reißt er seine Bruderquellen

Mit sich fort.

谟罕默德礼赞歌

试看那石上泉，
闪耀着快乐，
像一颗星底眼睛！
远在白云间，
仁慈的精灵
喂养着他底青春
在危崖底丛林中。

清新而活泼，
他从云间翩翩地
洒在白石上
又呼啸着
跃向蓝天。

在巉岩的山径里，
他追逐着五彩的石子，
用先驱者底步伐，
他领着他那兄弟们的溪流
和他一起前进。

Drunten werden in dem Tal

Unter seinem Fußtritt Blumen,

Und die Wiese

Lebt von seinem Hauch.

Doch ihn hält kein Schattental,

Keine Blumen,

Die ihm seine Knie umschlingen,

Ihm mit Liebesaugen schmeicheln:

Nach der Ebne dringt sein Lauf

Schlangenwandelnd.

Bäche schmiegen

Sich gesellig an. Nun tritt er

In die Ebne silberprangend,

Und die Ebne prangt mit ihm,

Und die Flüsse von der Ebne

Und die Bäche von den Bergen

Jauchzen ihm und rufen: Bruder!

Bruder, nimm die Brüder mit,

Mit zu deinem alten Vater,

在山谷底下，

花从脚下开出来，

青青的草原

也在他底呼息里苏生。

可是什么都留不住他：

无论幽谷，或那

温柔地抱着他底膝，

用情眄媚他的花朵；

他只向着平原前进

蜿蜒如长蛇。

小溪们争着

去和他会合。现在

他在平原上闪着银光前进，

而平原也跟他闪耀起来，

于是平原上的河流

和山间的溪涧

都雀跃着向他欢呼：兄弟呀！

兄弟呀，领你底兄弟们前去，

到你那年老的父亲，

Zu dem ew'gen Ozean,

Der mit ausgespannten Armen

Unser wartet,

Die sich, ach! vergebens öffnen,

Seine Sehnenden zu fassen;

Denn uns frißt in öder Wüste

Gier'ger Sand; die Sonne droben

Saugt an unserm Blut; ein Hügel

Hemmet uns zum Teiche! Bruder,

Nimm die Brüder von der Ebne,

Nimm die Brüder von den Bergen

Mit, zu deinem Vater mit!

— Kommt ihr alle! —

Und nun schwillt er

Herrlicher; ein ganz Geschlechte

Trägt den Fürsten hoch empor!

Und im rollenden Triumphe

Gibt er Ländern Namen, Städte

Werden unter seinem Fuß.

Unaufhaltsam rauscht er weiter,

到那永久的海洋去罢!

已张开了臂膀

等候着我们了;

唉,那些臂膀徒然展开

来拥抱着他那渴慕着的儿们,

因为燥渴的沙把我们

消耗在沙漠里,天上的太阳

吸干了我们底血液,田园的山

又把我们困在池塘里! 兄弟呀

领你那原上的兄弟们,

领你那山上的兄弟们,

一伙儿到你父亲底,怀里罢! ……

你们一起来罢! ——

于是他更庄严地

涨起来;他那壮阔的波澜

把整个民族涌起来!

于是他胜利地向前滚着,

把名字赐给他所过的地方,

城市纷纷在他脚下诞生出来。

他更滔滔地往前冲,

Läßt der Türme Flammengipfel,

Marmorhäuser, eine Schöpfung

Seiner Fülle, hinter sich.

Zedernhäuser trägt der Atlas

Auf den Riesenschultern: sausend

Wehen über seinem Haupte

Tausend Flaggen durch die Lüfte,

Zeugen seiner Herrlichkeit.

Und so trägt er seine Brüder,

Seine Schätze, seine Kinder

Dem erwartenden Erzeuger

Freudebrausend an das Herz.

把浴着光焰的高塔底尖顶

和云石的富殿（他底

丰盈的子孙们）都留在后头。

无数柏木的屋宇亚达拉士

高举在他巨大的肩膀上

飘荡在他头上，万千旗帜

临风招展着，

显出他底辉煌；

同样他把他底弟兄们，

他底财宝，他底儿童们

狂呼着带到

那望眼欲穿的祖先怀里。

　　　　初刊一九四〇年三月《抗战文艺》六卷一期

"Un pauvre a pris un pain ..."

Un homme s'est fait riche en vendant à faux poids;

La loi le fait juré. L'hiver, dans les temps froids,

Un pauvre a pris un pain pour nourrir sa famille.

Regardez cette salle où le peuple fourmille;

Ce riche y vient juger ce pauvre. Écoutez bien.

C'est juste, puisque l'un a tout et l'autre rien.

Ce juge, — ce marchand, — fâché de perdre une heure,

Jette un regard distrait sur cet homme qui pleure,

L'envoie au bagne, et part pour sa maison des champs.

Tous s'en vont en disant: «C'est bien!» bons et méchants,

Et rien ne reste là qu'un Christ pensif et pâle,

Levant les bras au ciel dans le fond de la salle.

雨　果

偷面包的汉子 ①
　　——悲惨图之一

一个做买卖的靠吃秤头发了财，

法律让他做法官。冬天，冷得很，

一个穷汉拿了一个面包养家。

看这屋里多拥挤！这法官跑来

审问那穷汉。听清楚。多公正！

一个应有尽有，一个贫无立锥！

这法官——这商人——生气他浪费了

一个钟头，狠狠地望了那哭哭

啼啼的穷汉一眼，判他服苦役，

便翩然赴他郊外的别墅去了。

人散了；"很对"，好人坏人齐声说。

只剩下一个苍白忧郁的基督 ②

在法庭的墙壁上高举着双手。

———————————

① 译自《静观集》（Les Comtemplations）第三卷《悲惨图》（Melancholia）第三节，标题及说明为译者所加。

② **基督**　指挂在法庭壁上的基督像。高举着双手是一种无可奈何的绝望的表情。——译者原注

附:《目击录》①

雨果在他的笔记《目击录》中有一段散文可和《偷面包的汉子》一诗参看。

昨天,二月二十二日,我赴上议院。天气晴朗,午日当空,但仍很冷。我看见两个士兵押着一个汉子从都尔农街走来。那汉子头发淡金色,面孔苍白,瘦削,凶狠;三十岁左右,粗布裤,擦损了的光脚穿着木鞋,血迹斑斑的布缠住脚踝代替了袜子;一件短工人服,背上有泥痕,说明他经常躺在街石上;光着头,头发蓬松。他臂下夹着一个面包。四周的人说他就是为偷这面包被押起来……一辆刻有徽章的四轮大马车停在兵营外。从打开的玻璃窗可以清楚地看见一个美丽的少妇,娇嫩而且白,正在逗着一个裹在花边里的小孩玩:这少妇并没发觉那可怕的汉子在望着她。我沉沉以思。这汉子对我已经不是一个人,而是苦难的幽灵,是革命在光天化日中的丑陋,阴森,突兀的现形,——这革命还是潜伏在黑暗里,但一定会来的。从前,穷人和富人肩摩踵接,但并不互相注视……从那汉子发觉这少妇的存在而这少妇看不

---

① 《目击录》(Choses vues)是雨果去世后出版的笔记集。本文译自第八章,雨果在前往上议会途中目击此事。

见那汉子的一刻起，风暴便不可避免了。

初刊一九六一年十月九日《羊城晚报》

"Tu casses des cailloux, vieillard ..."

Tu casses des cailloux, vieillard, sur le chemin;

Ton feutre humble et troué s'ouvre à l'air qui le mouille;

Sous la pluie et le temps ton crâne nu se rouille;

Le chaud est ton tyran, le froid est ton bourreau;

Ton vieux corps grelottant tremble sous ton sarrau;

Ta cahute, au niveau du fossé de la route,

Offre son toit de mousse à la chèvre qui broute;

Tu gagnes dans ton jour juste assez de pain noir

碎石子的老人 ①

　　这是法国十九世纪大诗人雨果揭发资本主义社会最普遍最突出的矛盾的八幅"悲惨图"之一。从诗人对一个碎石子的老人的独白中展开一幅尖锐的对照图。一方面是一个壮年曾参加卫国战争的农民，他贫困终身，到老还靠在路边碎石子度日。刚好这时一辆马车疾驰而过，里面睡着一个在老人为国流血时发国难财的内奸。可是老人遭人白眼，而内奸却受人尊敬。

（译者原注）

　　你碎石子度日，老人，在大路旁；
　　你的破帽子开向潮湿的空气；
　　你的秃头在时光和雨中生了锈；
　　酷热是你的暴君，冷是刽子手；
　　你的瘦骨在破褂下簌簌发抖；
　　你的茅舍，跟路边濠沟一样高，
　　让小羊啮吃它长满青苔的檐；
　　你每天的收入刚好够你早上

---

① 译自《静观集》第三卷《悲惨图》第八节，标题与说明为译者所加。

Pour manger le matin et pour jeöner le soir;

Et, fantôme suspect devant qui l'on recule,

Regardé de travers quand vient le crépuscule,

Pauvre au point d'alarmer les allants et venants,

Frère sombre et pensif des arbres frissonnants,

Tu laisses choir tes ans ainsi qu'eux leur feuillage;

Autrefois, homme alors dans la force de l'âge,

Quand tu vis que l'Europe implacable venait,

Et menaçait Paris et notre aube qui naît,

Et, mer d'hommes, roulait versla France effarée,

Et le Russe et le Hun sur la terre sacrée

Se ruer, et le nord revomir Attila,

Tu te levas, tu pris ta fourche; en ces temps-là,

Tu fus, devant les rois qui tenaient la campagne,

Un des grands paysans de la grande Champagne.

C'est bien. Mais, vois, là-bas, le long du vert sillon,

Une calèche arrive, et, comme un tourbillon,

Dans la poudre du soir qu'à ton front tu secoues,

Mêle l'éclair du fouet au tonnerre des roues.

Un homme y dort. Vieillard, chapeau bas! Ce passant

Fit sa fortune à l'heure où tu versais ton sang;

Il jouait à la baisse, et montait à mesure

吃点黑面包，而晚上空着肚子；

而且，像个骇人的可疑的鬼影，

在苍茫的暮色中被人家斜睨，——

那么褴褛，过路人都提心吊胆；

跟冷飕飕的阴郁的古木同年，

你的岁月掉下来像树叶一样；

从前，当你正年富力强，眼看着

整个仇视着我们的欧洲跑来

威胁巴黎和我们新生的曙光，

狂涛似地扑向仓皇的法兰西，——

眼看着俄罗斯和匈奴和北方

吐出的魔王蹂躏我们的圣地，——

你站起来，举起你的铁耙；那时，

你是，在指挥抗战的国王眼里，

我们桑班省一个伟大的农民。

很好。但，看哪，那边，沿着青田垅，

来了一辆篷车，简直旋风一样，

在那从你额头抖掉的烟尘里，

鞭子的闪电混着车轮的雷鸣。

一个人在里面睡着。老人，脱帽！

这客人就在你流血时发大财；

他打赌我们的贬值，我们陷落

Que notre chute était plus profonde et plus sûre;

Il fallait un vautour à nos morts; il le fut;

Il fit, travailleur âpre et toujours à l'affût,

Suer à nos malheurs des châteaux et des rentes;

Moscou remplit ses prés de meules odorantes;

Pour lui, Leipsick payait des chiens et des valets,

Etla Bérésina charriait un palais;

Pour lui, pour que cet homme ait des fleurs, des charmilles,

Des parcs dans Paris même ouvrant leurs larges grilles,

Des jardins où l'on voit le cygne errer sur l'eau,

Un million joyeux sortit de Waterloo;

Si bien que du désastre il a fait sa victoire,

Et que, pour la manger, et la tordre, et la boire,

Ce Shaylock, avec le sabre de Blucher,

A coupé surla France une livre de chair.

得越深越可靠他就升得越高；

我们的烈士们需要一个饿鹰；

他就是：孜孜不倦，永远窥伺着，

他趁国难使堡垒和国库淌汗；

莫斯科 ① 用香草垛 ② 布满了他的

草原；莱锡为他买僮仆和猎狗；

而贝连辛拿 ③ 运来了一座宫殿；

为了他，为了让他有花，有亭台，

有敞着大铁门的巴黎的大厦，

还有天鹅在池中游泳的花园，

滑铁炉 ④ 涌出百万欢快的金元，

因而他用灾难造成他的胜利，

而且，为了把它吃，喝和磨折，

这衰洛克 ⑤，挥起布吕赫 ⑥ 的利剑，

从法兰西身上割掉一磅肉；

---

① **莫斯科** "莫斯科"和下面的"莱锡"(Leipsick，通译莱比锡)、"贝连辛拿"
　　(Bérésina，俄罗斯河流)、"滑铁炉"(Waterloo，通译滑铁卢)是拿破仑最后四场
　　大战地点，四战俱败，促成第一帝国崩溃。
② **香草垛** 原刊"香磨机"。
③ **贝连辛拿** 河名。——译者原注
④ **滑铁炉** 拿破仑被欧洲联军击溃的战场。——译者原注
⑤ **衰洛克** 莎士比亚喜剧《威尼斯商人》中的主角，典型的贪婪残酷的高利贷者。
　　为了报复威尼斯一个富商平日对他的蔑视，当这后者因意外急需向他贷款时，他
　　以"如期满不还，在商人身上割一磅肉"为条件。——译者原注
⑥ **布吕赫** 因他的增援而决定欧洲联军的胜利的普鲁士大将名。——译者原注

Or, de vous deux, c'est toi qu'on hait, lui qu'on vénère;

Vieillard, tu n'es qu'un gueux, et ce millionnaire,

C'est l'honnête homme. Allons, debout, et chapeau bas!

但大家都讨厌你，却对他尊敬；
老人，你不过是个穷光蛋，而这
富翁是长者。好吧，立正，并脱帽！

初刊一九六一年十月九日《羊城晚报》

Au moment de rentrer en France
31 août 1870

赴　难

（原题"返巴黎途中"）

　　这首诗作于 1870 年 8 月 31 日，在雨果赶回巴黎的途中，距离他被迫离开他亲爱的母亲法兰西国境刚好 20 年。那时新兴的普鲁士侵略军已深入法境，并在色丹战役俘虏了那御驾亲征的拿破仑第三皇帝。回溯 20 年前，即 1851 年 12 月 2 日，他因坚决反对拿破仑第三称帝，建立所谓第二帝国，被驱逐出法国国境；又因他始终坚持革命立场，发誓"非偕自由不回法国"，一再被他所寄寓的当地政府下逐客令：由比京布鲁塞到英属泽尔西岛（为了他发表《拿破仑小子》和《一桩罪恶的历史》两本抨击拿破仑第三的小册子），又由泽尔西到另一个英属海岛格尔西尼（为了他对英女皇维多利亚访问拿破仑第三作激烈的表示），饱尝了到处遭受白眼的逐客滋味。但也就是在那两个海岛上他先后完成了他的小说杰作《可怜的人们》①和"三部沸腾着反抗情绪和革命思想"的诗巨著《天惩集》，《静观集》和《历代传说》。现在，那驱逐他出境的帝国快要垮台了，他的自由是恢复了，但强敌当前，巴黎危在旦夕。他不得不赶回法国，参加对侵略者的抗战。他在这首诗里沉痛地表现了他那崇高的爱国主义的

———————

①　《可怜的人们》　通译《悲惨世界》。

Qui peut en cet instant où Dieu peut-être échoue,

　　Deviner

Si c'est du côté sombre ou joyeux que la roue

　　Va tourner?

Qu'est-ce qui va sortir de ta main qui se voile,

　　O destin?

Sera-ce l'ombre infâme et sinistre, ou l'étoile

　　Du matin?

Je vois en même temps le meilleur et le pire ;

　　Noir tableau!

Carla France mérite Austerlitz, et l'empire

　　Waterloo.

J'irai, je rentrerai dans ta muraille sainte,

　　O Paris!

Je te rapporterai l'âme jamais éteinte

　　Des proscrits.

痛苦和"对危险要占全分"的决心。

（译者原注）

谁此刻（连上帝或许也无法猜）
　　卜得准
究竟车轮要转向那一面：阴霾
　　或欢欣？

你那冥冥的手要揭晓什么谜，
　　啊命运？
那将是个无耻而不祥的影子
　　或晨星？

我同时瞥见了那极泰和极否；
　　黑的图！
因法兰西该得胜，而帝国只配
　　滑铁炉！

我要去，要回到你神圣的城心，
　　啊巴黎！
把这永远不灭的逐客的灵魂
　　带给你。

Puisque c'est l'heure où tous doivent se mettre à l'œuvre,

　　Fiers, ardents,

Écraser au dehors le tigre, et la couleuvre

　　Au dedans ;

Puisque l'idéal pur, n'ayant pu nous convaincre,

　　S'engloutit ;

Puisque nul n'est trop grand pour mourir, ni pour vaincre

　　Trop petit ;

Puisqu'on voit dans les cieux poindre l'aurore noire

　　Du plus fort ;

Puisque tout devant nous maintenant est la gloire

　　Ou la mort ;

Puisqu'en ce jour le sang ruisselle, les toits brûlent,

　　Jour sacré !

Puisque c'est le moment où les lâches reculent,

　　J'accourrai.

Et mon ambition, quand vient sur la frontière

既然这时候大家要一齐动手，

　　　傲而烈，

去粉碎墙外的暴虎和屋里头

　　　那长蛇；

既然纯理想，无法把我们领导，

　　　已沉没；

既然任谁多大都该殉难，多小

　　　都能克；

既然眼见升起了暴徒的黑日

　　　在天空；

既然在我们面前一切都是死

　　　或光荣；

既然当这神圣的日子血在溅，

　　　屋在烧，

既然这时候懦夫们瑟缩不前，

　　　我来了！

而我的野心，当这外来的强盗

L'étranger,
La voici : part aucune au pouvoir, part entière
Au danger.

Puisque ces ennemis, hier encor nos hôtes,
Sont chez nous,
J'irai, je me mettrai, France, devant tes fautes
A genoux !

J'insulterai leurs chants, leurs aigles noirs, leurs serres,
Leurs défis ;
Je te demanderai ma part de tes misères,
Moi ton fils.

Farouche, vénérant, sous leurs affronts infâmes,
Tes malheurs,
Je baiserai tes pieds, France, l'œil plein de flammes
Et de pleurs.

France, tu verras bien qu'humble tête éclipsée
J'avais foi,
Et que je n'eus jamais dans l'âme une pensée

　　已临境，
是：对权位毫无分，对危险却要
　　占全分。

既然这些敌人，昨天还是上宾，
　　已入室，
我要去，要在你的错误前跪禀，
　　法兰西！

我要侮辱他们的歌，的鹰，的爪
　　和挑战；
求你允许我，你儿子，跟你一道
　　共苦难。

狠狠地，尊敬着（不顾他们笑谑）
　　你的祸，
我要吻你的脚，法兰西，眼冒着
　　泪和火。

你就要看见，法兰西，我虽微贱，
　　忠于你；
我灵魂里从来没有别的想念，

Que pour toi.

Tu me permettras d'être en sortant des ténèbres
    Ton enfant ;
Et tandis que rira ce tas d'hommes funèbres
    triomphant,

Tu ne trouveras pas mauvais que je t'adore,
    En priant,
Ébloui par ton front invincible, que dore
    L'Orient.

Naguère, aux jours d'orgie où l'homme joyeux brille,
    Et croit peu,
Pareil aux durs sarments desséchés où pétille
    Un grand feu,

Quand, ivre de splendeur, de triomphe et de songes,

只有你。

你将会接受我，走出了黑暗，做

　　你儿子；
任那得意洋洋的人幸灾乐祸，

　　笑嘻嘻，

你不会嫌弃我的崇拜，祷告着，

　　眼迷晃
于你那金光灿烂的长胜前额，

　　如朝阳。

从前，当狂欢日小信 ① 的人煊耀

　　和雀跃，
仿佛从些葡萄的枯枝发出了 ②

　　一堆火，

当你，沉醉于胜利，美梦和光灿，

———————

① **小信**　原文 croit peu，包含"不信神，不守教规"的意义。
② **了**　有人主张"了"字现代口语读"啦"音，不能押韵。我却以为读诗和口语尽
　　可不一致。英、法朗诵诗和歌唱多少保存古音，譬如字母 R。何况"了"字在京
　　剧和其他地方剧都仍保存原音，且常常用来押韵，为什么新诗不能沿用？——译
　　者原注

Tu dansais

Et tu chantais, en proie aux éclatants mensonges

Du succès,

Alors qu'on entendait ta fanfare de fête

Retentir,

O Paris, je t'ai fui commele noir prophète

Fuyait Tyr.

Quand l'empire en Gomorrhe avait changé Lutèce,

Morne, amer,

Je me suis envolé dans la grande tristesse

De la mer.

Là, tragique, écoutant ta chanson, ton délire,

Bruits confus,

J'opposais à ton luxe, à ton rève, à ton rire,

Un refus.

Mais aujourd'hui qu'arrive avec sa sombre foule

Attila,

Aujourd'hui que le monde autour de toi s'écroule,

　　边欢唱

边狂舞，给成功的辉煌的虚幻

　　所迷惘；

当你欢宴的乐队响彻了天地，

　　啊巴黎，

我逃避你就像从前那黑先知

　　逃避梯。

当帝国把你变成万恶的都市，

　　苦又闷，

我逃到大海的茫茫的悲哀里

　　去藏身。

悲愤地，听着你的歌，你的喧闹

　　和狂热，

我对你的梦，你的豪华，你的笑，

　　全拒绝。

可是今天，当暴敌领着豺狗队

　　已突到，

今天，当你四周的世界在崩溃，

Me voilà.

France, être sur ta claie à l'heure où l'on te traîne
　　Aux cheveux,
O ma mère, et porter mon anneau de ta chaîne,
　　Je le veux !

J'accours, puisque sur toi la bombe et la mitraille
　　Ont craché ;
Tu me regarderas debout sur ta muraille,
　　Ou couché.

Et peut-être, en ta terre où brille l'espérance,
　　Pur flambeau,
Pour prix de mon exil, tu m'accorderas, France,
　　Un tombeau.

　　　　　　　　　Bruxelles, 31 août 1870.

我来了！

在你被凌辱的时候紧靠着你，
　　法兰西，
啊母亲，把你链上我的环戴起，
　　我愿意。

我跑来，既然炮火的唾沫向你
　　如雨下。
你要看着我在你城墙上挺立，
　　或躺下。

在你闪着希望火炬的沃土上，
　　法兰西，
你会赐给我，来酬报我的流放，
　　一堆泥。

全诗可分六段。

第一段由第1到12行，说出诗人对时局的深切关怀和对法兰西前途的忧喜交集的矛盾愿望：第二帝国是推翻了，法兰西和他个人都该重新获得自由了；但大敌当前，结局是吉是凶呢？"因法兰西该得胜，而帝国只配滑铁炉"，意思是：当作一个自由的国家，法兰西是该得胜的；可是那还在统治着法兰西的拿破仑第三所建立的第二帝国，却只配遭受滑铁炉的命运。滑铁炉是拿破仑第一被欧洲联军击溃(1815年6月18日)的战场，"只配滑铁炉"就是只配吃败仗的意思。

第二段由13至16行，表示诗人要赶回巴黎赴难的决心。

第三段由17至32行，申说他所以要赶回巴黎的形势和理由。"粉碎墙外的暴虎和屋里头那长蛇"，"暴虎"指普鲁士侵略军，"长蛇"指拿破仑第三和他的第二帝国。"任谁多大都该殉难，多小都能克"，是说"无论谁地位多高，都有为国捐躯的义务；或身世多微贱，都有战胜敌人的力量"。

第四段由33至60行，陈述他回国后的志愿和动作。"对权位毫无分，对危险却要占全分"就是只知共患难而决不计较权利和地位的深一层说法。

第五段由61至80行，诗人回忆在第二帝国统治的期间，他在放逐期间对第二帝国统治下的纸醉金迷的巴黎所持的态度。"黑先知"指旧约圣经的以西结，这先知曾诅咒和逃避他祖国的罪恶贯盈的首都梯城。

第六段由81行至最后一行，重申他要和法兰西共存亡的决心。"把你链上我的环戴起"就是甘心负担起法兰西所受的苦难中他应占的部分。

＊　　　＊　　　＊　　　＊

9月5日，雨果回到巴黎。临时政府已经成立，并没有位置留给他，但一点也不能抑制他的激昂（"对权位毫无分，对危险却要占全分"）。群众在巴黎北站对他的欢迎一开头便使他感到说不出的兴奋：

> 人山人海等着我。无法形容的欢迎。我讲了四次话。一次从一家咖啡馆的露台；三次从我的车子上。和这不断增加的群众分手时，我对人民说，"你们在一小时内偿还了我20年的流放"。人们唱着"马赛曲"和"出发歌"。人们高呼：雨果万岁！每一刻都听到群众中朗诵《天惩集》诗句的声音。我握了六千多次的手……

雨果和巴黎群众完全打成一片了。

（译者原注）

初刊《作品》一九五七年六月号

圣　诗

　　梁宗岱在一九六〇年代皈依基督教，翻译过一批圣诗，大部分散佚，仅存三首。一九九四年经彭燕郊先生整理，刊登在香港《大公报·文学》第八十二期。现参照梁氏手稿残片订正。（编者）

Lead, Kindly Light

I

Lead, kindly Light, amid the encircling gloom;

Lead thou me on;

The night is dark, and I am far from home;

Lead thou me on;

Keep thou my feet; I do not ask to see

The distant scene : one step enough for me.

慈光，领我 ①

一

慈光，领我，阴影越逼越近，

　　　领我向前；

夜既漆黑，我又远离乡井；

　　　领我向前：

紧握我足；我并不敢希求

眺望远景——一步于我已够。

---

① 作者纽曼（John Henry Newman, 1801—1890），英国主教，宗教理论家，作家。

II

I was not ever thus, nor prayed that thou

Shouldst lead me on.

I loved to choose and see my path; but now,

Lead thou me on.

I loved the garish day, and, spite of fears,

Pride ruled my will. Remember not past years.

二

从前的我，并不求你应该
　　领我向前；
爱自辨认途径；可是现在，
　　领我向前。
又爱浮华，并且，心虽畏惧，
　　意志骄傲；切莫追问过去。

III

So long thy power hath blest me, sure it still

Will lead me on

O'er moor and fen, o'er crag and torrent, till

The night is gone.

And with the morn those angel faces smile,

Which I have loved long since, and lost awhile!

三

从前的我，并不求你应该
　　领我向前；
经过泽野，经过崖涧，直到
　　长夜已旦；
于是晨光带来天使笑貌，
我曾久爱，不过一度失掉。

Abide with me

Abide with me; fast falls the eventide;

The darkness deepens; Lord with me abide.

When other helpers fail and comforts flee,

Help of the helpless, O abide with me.

Swift to its close ebbs out life's little day;

Earth's joys grow dim; its glories pass away;

Change and decay in all around I see;

O Thou who changest not, abide with me.

I fear no foe, with Thee at hand to bless;

Ills have no weight, and tears no bitterness.

Where is death's sting? Where, grave, thy victory?

I triumph still, if Thou abide with me.

Hold Thou Thy cross before my closing eyes;

与我同住 ①

与我同在，暮色沉沉下降，

黑暗渐深，求主与我同住，

当一切救助安慰俱逃亡，

无助的救助者，与我同住。

短促生年匆匆奔赴终点，

浮世欢乐与荣华同销黯，

举目环顾无不变易衰亡，

你永久不变者，与我同住；

我何所惧，随时有你呵护？

眼泪不酸，病痛亦不觉苦，

死刺何在？墓穴焉夸张？

我仍胜利，主若与我同在。

求举宝架，在我临闭眼前；

---

① 作者赖特（Henry F. Lyte, 1793—1847），英国教士，诗人，圣歌作者。全诗共八节，本篇选译一、二、七、八节。

Shine through the gloom and point me to the skies.

Heaven's morning breaks, and earth's vain shadows flee;

In life, in death, O Lord, abide with me.

暗中发光，把我指引向天；

常常晓破，尘世幻影消亡；

或生或死，主啊，与我同在。

Abide with me

Abide with me; fast falls the eventide;

The darkness deepens; Lord with me abide.

When other helpers fail and comforts flee,

Help of the helpless, O abide with me.

Swift to its close ebbs out life's little day;

Earth's joys grow dim; its glories pass away;

Change and decay in all around I see;

O Thou who changest not, abide with me.

I need Thy presence every passing hour.

What but Thy grace can foil the tempter's power?

Who, like Thyself, my guide and stay can be?

Through cloud and sunshine, Lord, abide with me.

I fear no foe, with Thee at hand to bless;

作我倚傍 ①

作我倚傍：暮色沉沉下降；

黑暗渐深，求主作我倚傍；

当其余救助安慰俱逃亡，

无助的救助者，作我倚傍。

瞬息生年匆匆奔赴终点；

浮生欢乐与荣华同销黯；

举目环顾无不变易朽亡；

你永不变易者，作我倚傍。

我需要你，不可一须臾离；

唯主鸿恩能把试诱摧毁。

谁能像你，扶我示我方向？

无论阴晴，主都作我倚傍。

我何所惧，有你随时呵护？

① 本篇和《与我同住》译自同一首诗，包括原诗的一，二，六，七，八节。标题为编者
　所加。

Ills have no weight, and tears no bitterness.

Where is death's sting? Where, grave, thy victory?

I triumph still, if Thou abide with me.

Hold Thou Thy cross before my closing eyes;

Shine through the gloom and point me to the skies.

Heaven's morning breaks, and earth's vain shadows flee;

In life, in death, O Lord, abide with me.

眼泪不酸，病痛亦不觉苦。

死刺安在？墓窟焉能夸张？

我仍胜利，你若作我倚傍。

请悬举十字架，向我临闭的眼；

暗中发光，把我指引向天；

天上晓破，尘世虚影消亡：

或生或死，主都作我倚傍。

Nearer, my God, to thee

Nearer, my God, to Thee, nearer to Thee!
E'en though it be a cross that raiseth me,
Still all my song shall be, nearer, my God, to Thee.
Nearer, my God, to Thee, nearer to Thee!

Though like the wanderer, the sun gone down,
Darkness be over me, my rest a stone;
Yet in my dreams I'd be nearer, my God, to Thee.
Nearer, my God, to Thee, nearer to Thee!

There let the way appear, steps unto Heav'n;
All that Thou sendest me, in mercy giv'n;
Angels to beckon me nearer, my God, to Thee.
Nearer, my God, to Thee, nearer to Thee!

Then, with my waking thoughts bright with Thy praise,
Out of my stony griefs Bethel I'll raise;

吾主，更亲近你 ①

吾主，更亲近你，更亲近你；

纵然是十字架将我高举，

我的歌依然是，吾主，更亲近你，

　　　更亲近你！

虽然像孤客，红日西沉，

黑暗覆盖着我，冷不作枕；

梦里依然亲你，吾主，更亲近你，

　　　更亲近你！

梦里天路显现，登天阶梯；

你所赐的恩惠，发自慈悲；

天使把我指引，吾主，更亲近你，

　　　更亲近你！

然后醒来沉思，光明礼赞；

惠我如石，恍惚建立圣殿；

---

① 原诗作者莎拉·亚当斯（Sarah F. Adams, 1805—1848），英国女诗人，圣诗作者。

So by my woes to be nearer, my God, to Thee.

Nearer, my God, to Thee, nearer to Thee!

Or, if on joyful wing cleaving the sky,

Sun, moon, and stars forgot, upward I'll fly,

Still all my song shall be, nearer, my God, to Thee.

Nearer, my God, to Thee, nearer to Thee!

于是痛楚更使，吾主，更亲近你，
　　更亲近你！

我乘快乐翅膀，冲破苍冥，
不顾光明星辰，向上飞升，
我的歌依然是，吾主，更亲近你，
　　更亲近你！